LUA DE MAU AGOURO

LORI BEASLEY BRADLEY

Tradução por
FERNANDA MIRANDA

Publicado em 2021 por Next Chapter

Capa de CoverMint

Editado por Emily Fuggetta

PRÓLOGO

Ela entrou com as sacolas de compras penduradas no braço e imediatamente soube que algo na casa estava estranho.

Fiona levou suas compras para a cozinha e largou as sacolas na bancada de pedra. A correspondência do dia estava em uma pilha arrumada em cima da caixa de pão. Ela examinou o monte e revirou os olhos com nojo. Contas, contas e mais contas - a maioria com letras vermelhas brilhantes que significavam "atrasadas e em necessidade de atenção imediata".

— O que eles vão desligar agora, Elliot? A água, a TV ou o gás? — ela murmurou para si mesma enquanto olhava ao redor da sala procurando pelo marido, que havia chegado em casa antes dela. Seu carro estava na entrada, ele havia juntado a correspondência e a televisão estava ligada em um jogo de beisebol, mas ele não estava à vista.

Fiona largou as chaves na mesa do corredor junto com a bolsa e olhou pela ampla extensão acarpetada em direção à luz que vinha do quarto deles. Ela tirou os sapatos e foi naquela direção. O que ele estava fazendo no quarto quando estava com a TV ligada na sala?

Sua boca se abriu em choque quando viu a resposta. Seu

marido, Elliot Clegg, estava esparramado nu de costas na cama king-size com sua jovem e loira assistente, Lindsey, montada em sua virilha, cavalgando-o como um jóquei na corrida dos campeões de Belmont Stakes.

— O que diabos está acontecendo aqui, Elliot? — Fiona conseguiu dar um gritinho estridente quando entrou no quarto.

Ela assistiu enquanto o marido empurrava a loira nua de sua ereção e para o outro lado da cama - o lado de Fiona da cama - e saltava de pé. — O que você está fazendo em casa, Fi? Eu achei que você não fosse voltar até o final da tarde.

Fiona olhou para a jovem, que corria para encontrar suas roupas. — Isso é óbvio — disse ela, e abriu as portas do armário para procurar suas malas.

— O que você pensa que está fazendo, Fi? — Elliot exigiu quando sua esposa começou a tirar as roupas dos cabides e colocá-las nas malas.

— Algo que eu devia ter feito há muito tempo, Elliot.

Elliot agarrou o braço de Fiona com uma mão escura e bronzeada de sol. — Ela não significa nada para mim, Fiona — ele disse —, eu estava apenas me divertindo um pouco.

Fiona viu a boca de Lindsey se abrir em choque enquanto a loira encarava Elliot. — Ah, claro — rosnou Fiona, enquanto fechava uma bolsa e ia até o banheiro para colocar produtos de higiene pessoal e maquiagem na outra. — E aposto que sei como a boca dessa puta loira estava te divertindo.

Elliot soltou um longo suspiro. — Onde você pensa que vai, Fiona? — ele perguntou. — Não temos dinheiro no banco e os cartões estão no limite novamente. Você não vai conseguir um hotel.

— E qual a novidade? — Ela olhou para o marido de vinte anos, que estava na porta do banheiro. — Não se preocupe comigo, Elliot. Eu recebi hoje.

— Mas esse dinheiro tem que ir para o pagamento da casa, contas de luz e...

— E você está por sua conta com isso agora, Elliot — disse

Fiona com um dar de ombros enquanto passava pelo marido de volta para o quarto, onde Lindsey estava colocando os pés em um par de sapatos de salto muito caros. — Talvez você possa fazer sua puta loira aqui cobrir suas despesas, como eu estive fazendo pelos últimos vinte anos. — Fiona chutou o sapato Prada esquerdo para fora do alcance das mãos manicuradas de Lindsey. — Tenho certeza de que paguei por eles também — disse ela à loira que se encolhia —, mas eles parecem grandes demais para os meus pés, então pode ficar com eles. — Fiona jogou o sapato de volta para a jovem de olhos arregalados. — Você pode ficar com ele, também.

Com as duas malas nas mãos e as lágrimas ardendo nos olhos, Fiona pegou a bolsa e as chaves. — Eu vou vir pegar o resto das minhas coisas em alguns dias — ela conseguiu dizer por cima do ombro antes de sair para o sol brilhante da Louisiana.

Lágrimas frustradas escorriam pelo rosto de Fiona enquanto ela dirigia por St. Elizabeth. O que ela deveria fazer agora? A escola iria fechar para as férias em algumas semanas, e então o que ela iria fazer com seu verão? Ela certamente não iria trabalhar na Clegg Marine, a chique revendedora de barcos de Elliot - sem receber por isso - do jeito que ela havia feito todos os verões e feriados desde que a loja abrira.

I

Fiona olhava para a lua brilhante lançando seus raios sobre as águas escuras e ondulantes do lago Black Bayou enquanto ela se sentava em um tronco e lavava a lama macia e fresca de entre os dedos dos pés nus.

A água fria passava uma sensação boa nos pés cansados. Tinha sido outro longo dia em sua loja, a Livraria e Cafeteria Pão da Vida, em St. Elizabeth, Louisiana. A cidade ficava na margem do grande lago Black Bayou e havia estado lá desde que os colonos do Canadá haviam seguido para o sul pelos sistemas fluviais na época da compra da Louisiana no início do século XVIII. Fiona era uma das Bruxas do Black Bayou, embora nunca lhe tivesse sido permitido desenvolver seus talentos.

Fiona se encolheu quando ouviu um grande gato gritar no pântano arborizado do outro lado da estrada coberta de sombras onde estava sentada. Dizia-se que panteras vagavam por aqueles bosques, embora Fiona nunca tivesse visto uma. Muitas coisas que Fiona nunca tinha visto deviam vagar pelos pântanos ao redor de Black Bayou - coisas que ela nunca queria ver.

— Suponho que seja melhor eu ir antes que você decida se mostrar — disse Fiona a si mesma e à pantera escondida, enquanto empurrava seu corpo cansado de 55 anos para fora do tronco e colocava novamente seu par barato, mas confortável, de sapatos.

— A puta loira de Elliot pode ficar com seus malditos Pradas. Eles não foram feitos para alguém que fica de pé o dia todo de qualquer forma. — Fiona inalou a brisa doce e perfumada de jasmim enquanto andava pela estrada de asfalto quente. Os ciprestes altos se moviam na brisa, e Fiona podia ouvir os galhos rangendo como seus joelhos faziam enquanto se moviam.

Outra coisa chamou sua atenção e Fiona sacudiu a cabeça para olhar de volta para a floresta escura. Não era o gato, ela tinha certeza. Isso tinha uma sensação muito diferente para Fiona. Ela estendeu seus sentidos de DuBois para tentar encontrar a origem, mas ela a evadiu.

Annette DuBois, a falecida mãe de Fiona, nascera como membro de uma das famílias fundadoras originais de St. Elizabeth: a DuBois. A família fugira da França no século XVI para escapar da Inquisição e depois fugira do Canadá pela mesma razão no século XVIII. Os cães da Igreja podiam ser implacáveis quando pegavam um rastro.

Os DuBois e os Rubidoux haviam se estabelecido nas áreas remotas ao redor de Black Bayou, juntamente com algumas outras famílias mágicas. Algumas que haviam viajado do Canadá haviam seguido para Nova Orleans ou para as Ilhas do Caribe para se estabelecerem e praticarem suas crenças. Elas eram famílias de bruxas naturais que ainda praticavam a antiga religião baseada em deusas da Europa e podiam coletar energia do mundo vivo ao seu redor. Isso havia chamado a atenção da Inquisição Européia e, temendo por suas vidas, as famílias haviam fugido de suas casas na França em busca da liberdade e segurança do Novo Mundo do outro lado do Atlântico.

Essa era a herança de Fiona - algo em seus genes - mas ela fora proibida por seu pai, Arthur Carlisle, de estudar e praticar suas habilidades. Sua mãe havia implorado e implorado ao marido que a deixasse ensinar ao menos o básico para a filha, para que ela não machucasse a ela ou a outras pessoas com suas habilidades, mas Arthur permanecera firme e mesmo Anette havia dado muito poucas instruções à filha.

Fiona podia sentir o mundo vivo ao seu redor em um grau mais refinado do que outros, mas ela não tinha ideia de como usá-lo em proveito próprio ou de qualquer outra pessoa.

Ela tivera sua primeira menstruação aos doze anos e, junto com as mudanças em seu corpo, veio a primeira indicação de suas habilidades naturais. Fiona percebera que podia sentir coisas que os outros ao seu redor não podiam. Ela podia sentir o grilo subindo pelo hábito negro da irmã Mary Joseph, enquanto estava sentada entediada na aula de história, e o gato do vizinho na árvore do lado de fora da janela. Ela também podia sentir o sapinho que o gato estava caçando.

Fiona ficara empolgada quando percebeu que podia avisar o sapinho do perigo ou instar o grilo a subir mais rapidamente pelo hábito da irmã, até que a freira pulasse de pé gritando em um esforço para se livrar da criatura.

Os livros haviam sido o consolo de Fiona quando criança. Ela tinha um cartão da Biblioteca Pública de St. Elizabeth e costumava pegar livros sobre todos os assuntos. Ela ficara emocionada ao encontrar uma seção sobre bruxaria na biblioteca, mas depois de ler apenas dois livros sobre o assunto, percebeu que eles haviam sido escritos por charlatães que nada sabiam sobre o assunto da magia real.

Ela continuara a experimentar e, uma tarde, quando a valentona da turma, Susan Waters, começara a atormentar Fiona por pertencer a uma das notórias famílias de bruxas em St. Elizabeth, ela estendera a mão e dera um soco na garota odiosa com tudo o que tinha. Ela não tinha usado o punho, no entanto, e esse soco não deixaria uma marca física. Fiona dera um soco na garota com a força que havia reunido dentro de si mesma. A garota caíra no chão, segurando a cabeça e se contorcendo de dor.

— Você está com ciúmes porque não pode fazer isso — Fiona havia sussurrado para a garota rolando e babando no chão da sala de aula.

— Ela usou sua bruxaria em mim, irmã! — Susan chamara a irmã Mary Joseph enquanto se levantava usando a mesa da sala de aula. — Ela é uma bruxa má como as que você nos avisa para tomar cuidado, irmã, e ela deve ser queimada na fogueira ou enforcada.

A freira agarrara Fiona. Ela havia ensinado no St. Agnes por décadas e ouvira histórias sobre as bruxas do Black Bayou. — Que feitiço horrível você lançou na pobre Susan, Fiona? — A freira segurara seu crucifixo do jeito que Fiona tinha visto as pessoas fazerem em filmes antigos de vampiros para afastar o mal.

Fiona rira do ridículo da situação. Ela não pôde evitar. Ela arreganhara os dentes como presas e sibilara para a mulher que se protegia com o crucifixo.

— Vá para o escritório do Padre, bruxa — ordenara a irmã, apontando para a porta com o dedo trêmulo e retorcido.

O velho padre que dirigia a escola dera a Fiona três golpes com um taco de madeira e a ordenara a recitar uma dúzia de Ave Marias todas as noites durante um mês.

— Sua Deusa Maria não vai ouvir a minha oração, pai — Fiona provocara o velho com um sorriso. — Ela tem medo da minha.

A boca do padre se abrira. Ele havia expulsado Fiona pelo restante do dia e chamara o pai dela para buscá-la. Arthur Carlisle não havia ficado feliz. Ele batera em Fiona com o cinto, a prendera no quarto e a chamara de todos os nomes vis que lhe vieram à mente.

Sua mãe tinha sido mais clemente. Annette havia acabado de começar a mostrar os primeiros sinais da doença que levaria sua vida em quatro anos - câncer de ovário. — O que você fez com essa garota exatamente, Fiona?

Fiona não havia tido as palavras para explicar o que tinha feito com a valentona desagradável. — Eu a soquei com meu poder — ela finalmente dissera em explicação.

Annette sorrira. — Você percebe que poderia tê-la machucado muito fazendo isso.

— Eu pretendia machucá-la muito — dissera Fiona —, mas acho que só lhe dei uma dor de cabeça.

Annette arqueara a sobrancelha e sorrira para a filha com orgulho. — Uma dor de cabeça que pode durar muito tempo.

— Bom. Talvez ela me deixe em paz agora.

Annette sorrira para a filha. — Tenho certeza de que ela vai, querida, mas você deve aprender a controlar seu temperamento. — Annette havia pegado Fiona nos braços. — Gostaria de poder ensinar o que você precisa saber — ela dissera à filha com um suspiro —, mas seu pai me proibiu. — Annette franzira o cenho. — E zombar daquele velho padre insípido provavelmente foi um erro também. — Ela dera uma piscadela para ela então, e Fiona soube que sua mãe não estava brava com ela.

— Por que mamãe? Por que não posso aprender a magia dos DuBois?

— Você sabe sobre as pessoas que moravam na ilha, certo?

— Os Rubidoux — dissera Fiona com um aceno de sua cabeça ruiva. — Os bruxos maus.

— É por isso. — Annette havia se levantado e saído do quarto de Fiona sem dar mais detalhes.

Fiona olhara para o ponto vazio no Bayou onde a ilha Rubidoux costumava ficar e para as ondas batendo na calçada que eram causadas pela água que subira desde que a ilha havia afundado dois anos atrás.

Uma briga havia ocorrido entre as duas famílias, e os Rubidoux haviam se mudado para a ilha em algum momento no início da história de St. Elizabeth, mas Fiona não havia tido um entendimento claro sobre isso naquela tenra idade. Seu pai, um católico devoto, havia proibido a mãe de se associar à sua família ou de induzir Fiona às práticas dos duBois.

Era prática comum um homem mudar seu nome para DuBois quando se casava com uma mulher daquela família, mas Arthur Carlisle se recusara e insistira que Fiona recebesse seu nome quando ela nascera. Annette havia concordado e, embora nunca tivesse mudado seu nome para o do marido, Fiona havia sido batizada Fiona Elizabeth Carlisle na Igreja Católica de St. Agnes um mês após o nascimento.

Seu pai furioso quase a deserdara quando Fiona tomara medidas legais após a morte de sua mãe e sua chegada à maioridade para mudar seu nome para DuBois. Ela queria homenagear a mulher que ela sabia que se arrependera de tê-la mantido longe de sua herança familiar e que havia lhe dado livros de autores que sabiam sobre o que estavam escrevendo sempre que podia.

Fiona voltou ao presente e foi para o lado da estrada quando viu as luzes de um carro atrás dela. — Droga — ela xingou quando seus tênis de lona afundaram na lama preta e escorregadia.

O veículo parou e Fiona ouviu o zumbido de uma janela elétrica descendo. Ela virou a cabeça e viu o rosto bonito do delegado Charlie Broussard sorrindo para ela do veículo da polícia.

— O que você está fazendo tão longe de casa tão tarde, Fi? — ele perguntou no tom bem-humorado que sempre usava com Fiona.

Ela sabia que ele tinha uma queda por ela, mas nunca encorajara o homem. Lidar com Elliot já tinha sido mais do que suficiente para Fiona, e ela não havia buscado outro relacionamento após sua separação e divórcio feios.

— Eu só precisava de um pouco de ar depois de um longo dia na loja — ela disse em resposta —, e decidi dar uma caminhada.

Charlie revirou seus grandes olhos castanhos. — Uma longa caminhada — disse ele. — Entre e deixe eu lhe dar uma carona de volta para casa antes que uma cobra salte do lago e morda você ou, pior ainda, um grande jacaré.

— Eu não me importo em caminhar, Charlie, de verdade. — Fiona esperava que ele seguisse seu caminho e a deixasse sozinha. — É uma noite tão bonita com lua cheia e tudo. — Quando o sorriso dele caiu, e ela ouviu o gato gritar novamente, Fiona cedeu. — Tudo bem, Charlie, obrigada. — Ela deu a volta na frente do carro para o lado do passageiro, abriu a porta e deslizou para dentro. Cheirava a vinil de estofados, café derramado e vômito. — Eu não me preocupo muito com cobras ou jacarés, mas esse gato selvagem parece próximo.

— Não ouvi de ninguém avistando um gato selvagem — disse ele, engatando o veículo e pisando no acelerador —, mas não ficaria surpreso. Meu avô costumava dizer que o pântano estava cheio de uns grandões pretos. Ele nunca deixou nós garotos sairmos lá sem nossos rifles.

Fiona sorriu. Ela ouvira muitas histórias sobre o sábio avô de Charlie. — Você já viu um?

Charlie riu. — Nem um — disse ele com um sorriso no rosto barbeado —, mas vimos um lobo uma vez, e meu irmão atirou em um urso em uma das antigas casas de campo dos DuBois quando estávamos no ensino médio.

— É mesmo? — Fiona suspirou. — Não há mais muitos desses na área. Nem lobos também.

— Só se você não contar os Roogaroo — ele disse com uma risada, usando o nome Cajun para lobisomem ao invés do francês Loup Garrou.

— De fato — disse Fiona com um sorriso nervoso. Como uma DuBois, Fiona estava bem familiarizada com lobisomens e com como eles se tornavam o que eram. A família havia sofrido perdas pessoais nas mãos dos Rubidoux e dos Loup Garrou, alguns anos antes.

Charlie pigarreou. — Eu esqueci — disse ele, igualmente nervoso. — Eu acho que você saberia sobre todas essas coisas já que você é...

— Uma DuBois? — Fiona disse. — E uma bruxa malvada? — Ela sorriu e acenou com os dedos na direção do delegado.

— Você não é uma Rubidoux, Fiona — Charlie foi rápido em contrariar —, e eu não quis desrespeitar.

— Mas meu pai é um bastardo dos Rubidoux — ela suspirou —, e todos nesta cidade sabem disso.

— E nenhuma pessoa na cidade te culpa por isso, Fiona, ou a ele.

— Ele sim — disse Fiona com uma bufada —, e ele nunca me deixa esquecer que eu tenho sangue Rubidoux maligno correndo em minhas veias.

— Mas sua doce mãezinha era uma DuBois — disse Charlie ao entrar no pequeno estacionamento de cascalho em frente à Livraria e Cafeteria Pão da Vida.

— Obrigada pela carona para casa, Charlie — disse Fiona, enquanto abria a porta do grande Tahoe, pintado nas cores ouro e marrom da delegacia.

Charlie a surpreendeu quando saiu e a acompanhou até a porta. Ele ficou em silêncio enquanto ela procurava no bolso de trás da calça jeans e pegava a chave da porta de vidro.

— O prazer foi todo meu, Fiona — disse o delegado antes de pegar a cabeça dela na mão dele, puxando-a na direção dele e inclinando-se para um beijo.

Ela deveria ter imaginado que isso estava por vir. Fiona se inclinou para o beijo e separou os lábios para permitir que a língua de Charlie sondasse sua boca. Ele tinha o gosto da Coca-Cola que acabara de tomar, e Fiona se perguntou qual fora a última coisa que ela havia comido e qual seria seu gosto para o alto e bonito delegado.

Ela e Charlie tinham a mesma idade e haviam cursado o ensino médio juntos, mas em turmas diferentes. Ele fora atleta e andava com os outros jogadores de futebol e líderes de torcida. Fiona era mais nerd e escrevera para o jornal da escola.

Ela havia comido um pedaço de cupcake de chocolate depois de fechar a loja e tomado um copo de água gelada. O hálito dela não devia estar tão ruim.

Fiona teve que admitir que estava gostando do abraço e do beijo de Charlie, mas quando uma das mãos dele se moveu para acariciar seu peito, ela se afastou.

Eu posso deixar você me dar um beijo, garotão, mas não vá se assanhando e achando que também pode passar a mão.

— É melhor eu entrar, Charlie — disse ela e empurrou a porta. — Vejo você amanhã para tomar um café.

— Estou de folga amanhã — disse ele. — Eu e Rex vamos pegar o barco com dois amigos do departamento de St. Martinsville. Disseram que as percas estão mordendo bastante. — Ele deu um sorriso esperançoso. — Mas eu posso dar uma passada aqui depois, se você quiser.

Fiona sorriu, estendeu a mão para seu rosto e deu um beijo rápido na bochecha de Charlie. — Vejo você amanhã, então — disse ela, e fechou a porta antes que ele pudesse responder ou ela pudesse mudar de ideia.

Ele provavelmente pensara que ela o convidaria para mais. Fiona sorriu para si mesma. Fazia um tempo desde a última vez que suas regiões inferiores haviam sido vistas por um homem. Talvez ela devesse ter deixado ele entrar. Ela girou a fechadura na porta enquanto Charlie manobrava para a rua. *Talvez da próxima vez, Charlie.*

Com um suspiro longo e frustrado, Fiona checou o alarme e subiu as escadas para seu apartamento - seu santuário longe do mundo.

O prédio de tijolos vermelhos fora construído como um mercado em algum momento do século anterior, e o segundo andar havia sido usado para armazenamento. Tinha um grande elevador de carga em ferro forjado, mas Fiona raramente o usava. A coisa sacudia e estremecia, e ela havia mandado fazerem manutenção e inspeção nela, mas o elevador ainda a assustava, e Fiona geralmente usava as escadas - mesmo para levar as pesadas caixas de livros e suprimentos que ela guardava nos fundos do apartamento.

Ela parou no patamar e abriu a porta do apartamento. — Finalmente em casa — disse ela para a sala escura antes de entrar para acender o interruptor. Cinco lâmpadas brancas brilharam em vida no lustre de ferro preto pendurado no centro do espaço entre a cozinha e a cama queen-size com a cabeceira de ferro forjado preto. Fiona havia mobiliado a cozinha com utensílios de aço inoxidável e armários de cipreste rústicos, cobertos com balcões de granito cinza, e ela trabalhara por horas para limpar a sujeira e o limo das tábuas de cipreste do chão. Agora elas brilhavam à luz da luminária e combinavam perfeitamente com o branco que ela usara nas velhas paredes de tijolo.

O prédio havia ficado fechado com tábuas e sem uso por décadas. Quando sua tia, Ruby DuBois, ficara sabendo de sua separação de Elliot e de seu desejo de iniciar um negócio, ela oferecera o prédio a Fiona por um preço ridiculamente baixo e em termos que ela podia pagar. Fiona passara o verão transformando o antigo prédio em um espaço habitável e depois em sua padaria.

Ela e o pai, um empreiteiro aposentado, haviam arrancado a privada e pia manchadas e sujas do banheiro do andar de cima, que havia sido o banheiro "Apenas para Pessoas de Cor" do prédio nos antigos dias ruins do sul racialmente dividido, e as substituído por uma banheira branca brilhante de pés de garra vintage, um vaso sanitário e uma pia também vintage para combinar com a banheira.

Arthur Carlisle havia trabalhado em troca de comida e alguns dólares no Le Petite Paris Café com Fiona, e ela usara o crédito em seu cartão da Home Depot para comprar suprimentos.

Ela havia pintado as paredes internas de um verde suave que destacava o chão de cipreste dourado e os tijolos vermelhos da parede externa. A pequena janela que ficava no alto do tijolo acima da banheira ela não havia cobrido para deixar entrar a luz que ela oferecia durante o dia. Uma barra de luz com os mesmos globos de vidro da luminária na sala de estar havia sido montada sobre um espelho oval acima da pia. Era um lugar agradável para relaxar depois de um longo dia na loja.

Depois do banho, Fiona foi até a geladeira e pegou a garrafa do vinho branco da adega Clairvoux que ela guardava lá. Ela encheu um copo e levou-o com ela para perto do conjunto de portas francesas que davam para a varanda que ela havia instalado por cima no beco estreito.

Um toldo de lona listrada cobria o espaço e mantinha o sol e a chuva longe de seus móveis de vime. A varanda servia como a sala de estar de Fiona depois que ela fechava para a noite. Uma série de lâmpadas de vidro de três polegadas iluminava o espaço acolhedor. Fiona sentou-se com seu copo de vinho e imaginou-se em um pátio no Bairro Francês com uma banda de jazz tocando à distância em algum lugar e carruagens puxadas por elegantes cavalos passando. Ela respirou fundo e inalou os ricos aromas da vegetação em decomposição ao redor do lago à distância e as mimosas florescendo no beco abaixo.

— Agora, isso sim é o paraíso — disse ela para si mesma e tomou um gole de vinho. — Eu não sei o que você está fazendo hoje à noite, Elliot, ou com quem você está fazendo isso, mas eu não preciso de você e não dou mais a mínima.

DEBAIXO DOS GALHOS CAÍDOS DE UMA MIMOSA ABAIXO DA varanda, um conjunto de olhos encarava as luzes e a mulher ruiva.

— Você não deveria ter se entregado hoje à noite com o uso de sua magia vil, bruxa — uma voz murmurou na escuridão. — Agora eu te encontrei e vou me vingar. Você não vai se safar do que fez comigo e aqueles que eu amo.

☙ 2 ❧

A Pão da Vida estava estranhamente cheia para uma noite de quarta-feira.

Fiona finalizou outra venda e contou o troco para o cliente. A sineta acima da porta soou, e ela olhou para cima e viu Charlie entrar com seu parceiro Rex e outros dois homens que ela não reconheceu. Se Fiona já não soubesse, seus rostos e braços queimados pelo sol teriam dito a ela que os homens haviam passado o dia sob o sol da Louisiana em um barco nas águas do Black Bayou. Ela sorriu e pegou a cafeteira enquanto eles se sentavam.

— Café para vocês, rapazes? — ela perguntou enquanto enchia a xícara de Charlie.

Um dos homens que Fiona não conhecia olhava seu corpo enquanto ela se movia ao redor da mesa enchendo as xícaras. Ele a deixava desconfortável.

— Café está bom — disse ele enquanto ela enchia sua xícara —, a menos que você tenha outra coisa para oferecer a um homem. Fiona se encolheu quando sentiu a mão grande do homem em sua bunda. Ela podia sentir o cheiro de cerveja no hálito dele e olhou para Charlie.

— Eu tenho clientes esperando no balcão, disse ela. — Se vocês precisarem de mais, sabem onde está a cafeteira.

— Sem problemas, Fi — Charlie disse com um encolher de ombros, se desculpando.

— É ela a gostosa que você disse que estava toda em cima de você ontem à noite, Charlie? — Fiona ouviu o outro homem que ela não conhecia dizer enquanto se afastava.

— Ela é um pouco velha para o meu gosto, mas buceta é buceta. Um homem mete onde puder — acrescentou o homem que havia colocado a mão nela com uma risada bêbada.

Em cima de você, hein? Um sorriso se espalhou pelo rosto de Fiona. Pescando no sol quente com cerveja gelada no balde de gelo. Ela podia apostar que o balde estava vazio de cerveja agora.

Charlie tocou seu ombro antes de ela voltar para o balcão. — Sinto muito, Fiona — disse ele —, Earl pode ser um babaca quando bebe.

— E alguns são língua solta e contam histórias sobre coisas que nunca realmente aconteceram.

Charlie sorriu e deu de ombros. — Você sabe como é quando caras estão juntos em um barco... com cerveja.

— Sim, eu sei — ela disse com um suspiro enquanto observava um homem na porta lutando com uma caixa pesada. — Você pode abrir a porta para aquele cavalheiro, Charlie? Preciso colocar esse café de volta no fogo antes que esfrie.

— Claro, Fi — disse ele e virou-se para a porta. — Deixa comigo.

Fiona devolveu a cafeteira à máquina, colocou grãos frescos no filtro de papel e pressionou o botão. A máquina sibilou e logo o aroma de café fresco encheu a loja.

— Você é a proprietária, senhora? — um cavalheiro distinto, com cabelos brancos como a neve e óculos com aro de arame, perguntou enquanto colocava a caixa no balcão e começava a retirar livros dela.

— Sou — disse ela e ofereceu a mão. — Sou Fiona DuBois. Como posso ajudar? — Ela ficou surpresa ao sentir a mão pálida do homem tão fria. Ela olhou pela porta e viu que estava escuro. Talvez a temperatura tivesse caído mais do que o normal junto com o sol e com a chuva prometida que estava a caminho.

— Disseram-me que você pode estar disposta a vender títulos de autores locais aqui em sua loja encantadora. — Seu tom era cordial e sofisticado - algo a que Fiona não estava acostumada em St. Elizabeth. Ela percebeu um sotaque europeu ou do nordeste quando ele falou. Ela achava que conhecia todos os escritores locais. Ela recebia um grupo de crítica às terças-feiras e, embora ele parecesse familiar, Fiona não achava que ele era um dos frequentadores regulares da loja.

Ele entregou a ela um dos livros da pilha que havia tirado da caixa. Os olhos de Fiona se arregalaram quando ela viu o nome do autor na capa - Marcus Lourdes - um autor best-seller internacional de terror gótico.

Ela olhou para o homem e se deu um pontapé mental por não ter reconhecido o autor. — Eu já tenho seus livros nas minhas prateleiras, senhor — disse ela com um sorriso nervoso. — Eu os obtenho através da rede de distribuição da sua editora e acredito que já tenho todos em estoque.

Lourdes sorriu e empurrou os óculos na ponta do nariz. — Você não tem esses, madame. Eu te garanto. Eles são alguns dos meus primeiros trabalhos e manuscritos que foram recusados para publicação.

— É difícil acreditar que qualquer editora recusaria seu trabalho, senhor — disse Fiona enquanto estudava uma das capas coloridas.

Um dos títulos de Lourdes havia sido escolhido por um produtor e estava nos cinemas agora ganhando milhões com uma estrela de grande nome no papel principal. Fiona não tinha ideia de por que ele estaria interessado em ter seu trabalho em uma pequena loja como a dela.

— É gentil da sua parte dizer isso, madame, mas todos começamos em algum lugar, e alguns dos meus primeiros trabalhos foram menos do que desejáveis. — Ele entregou-lhe outro livro.

— Garanto que editei e reescrevi todos eles para trazê-los a par do que o público espera de mim agora.

— Tenho certeza que eles são incríveis — disse Fiona enquanto servia uma xícara de café. — Eu ficaria encantada em tê-los aqui. Se você quiser se sentar, eu vou lá atrás pegar os contratos de consignação. Em geral eu trabalho com um contrato de consignação dividindo em sessenta-quarenta o preço que você escolher.

Lourdes pegou a xícara da mão de Fiona. — Isso é mais do que aceitável — disse ele, então se virou e caminhou até uma mesa vazia perto da parede que separava a cafeteria das estantes de livros.

Fiona telefonou para um cliente e depois foi ao seu escritório pegar os contratos de consignação. Ela não podia acreditar na sua sorte. Ela não tinha ideia de que Marcus Lourdes tinha uma casa na área. Como ela tinha perdido isso? Ela sabia que Lourdes tinha uma casa no distrito de New Orleans Garden, mas nunca havia lido nada sobre ele ter outra perto de St. Elizabeth. Fiona vivera aqui a vida toda. Certamente, ela saberia se um autor famoso como Marcus Lourdes tivesse uma casa por aqui.

Quando ela voltou do escritório, encontrou duas mulheres que não haviam deixado de reconhecer o autor, sentadas com ele na mesinha enquanto ele assinava livros para elas. As velhas irmãs, Bernice e Lucille Watson, eram duas das melhores clientes de Fiona e gastavam boa parte de seus cheques da Previdência Social em livros de sua loja todos os meses. Elas tinham sorrisos largos em seus rostos enrugados.

— Ei, meninas — disse Fiona quando alcançou a mesa.

— Você consegue acreditar nisso, Fiona? — Bernice disse animada enquanto enrolava uma mecha de seu cabelo, tornado ainda mais vermelho do que o normal por uma garrafa de tinta para cabelo Miss Clairol Flame 33, ao redor do dedo de uma maneira coquete. — Marcus Lourdes bem aqui em sua pequena livraria em nossa St. Elizabeth.

— Fiquei tão chocada quanto você, Bernice — disse Fiona com um sorriso para o autor sorridente.

— Se vocês duas senhoras adoráveis nos dão licença agora — disse Lourdes e se levantou —, Madame DuBois e eu estávamos prestes a fazer negócios.

Ambas os fãs idosas franziram a testa ao serem mandadas embora.

— Talvez — acrescentou Lourdes —, vocês duas possam minhas convidadas pessoais aqui quando eu fizer um evento de autógrafos em algumas semanas para promover minha mais nova oferta à comunidade literária.

— Você está escrevendo outro livro? — Lucille ofegou. — Sobre o que é? — ela exigiu. — Mais vampiros e bruxas?

Lourdes sorriu. — Minha editora diz que eu teria que matá-la se eu te contasse.

Elas riram como meninas, e seus rostos se iluminaram quando Lourdes passou os braços em volta de suas cinturas e começou a conduzi-las para a porta. Ele pegou dois livros da pilha no balcão, assinou-os e entregou-os às mulheres junto com os que estavam em suas mãos. — Talvez vocês gostem desses também.

Ele é esperto, pensou Fiona. *Talvez eu devesse tomar cuidado com esse aí.* Ela voltou ao balcão, encheu uma xícara de café e serviu refrigerantes para alguns dos adolescentes que haviam entrado para fazer a lição de casa e usar o Wi-Fi gratuito do edifício.

— Sinto muito por nossa interrupção — disse Lourdes ao se recostar na cadeira, —, mas devo ser atencioso com meus fãs.

— E eu com meus clientes. — Ela se levantou e fez a venda para uma mulher com uma pilha de romances.

— Seu negócio está indo bem — ele elogiou quando Fiona voltou e tomou um gole de café.

— As crianças estão fora da escola — disse ela, acenando para uma mesa de adolescentes rindo —, e os cheques da Aposentadoria caíram alguns dias atrás. — Fiona tomou um gole de café e olhou para as mesas. — Pensei que você morasse em Nova Orleans, senhor Lourdes. Eu morei aqui a vida toda e nunca soube que você tinha uma casa perto de St. Elizabeth.

Ele sorriu. — Eu moro em Nova Orleans há muito tempo, mas St. Elizabeth sempre foi a casa do meu coração. Eu cresci aqui. — Ele sorriu enquanto passava a mão bem cuidada sobre seus cabelos brancos ordenadamente penteados. — Há muito tempo, é claro.

— Eu te entendo. — Ela devolveu o sorriso e tomou mais um gole de café. — O ensino médio e a faculdade ficam cada dia mais distantes no passado.

— Você tem marido e filhos? — o autor perguntou.

— Não — ela disse com um longo suspiro. — Sou divorciada e nunca fui abençoada com filhos. Você?

— Infelizmente não. Eu tinha uma esposa quando era muito jovem, mas ela morreu durante o parto junto do nosso único filho. Eu nunca me casei novamente e não tive mais filhos. — Ele deu de ombros. — Como você, estou sozinho no mundo.

Fiona se lembrou de ter lido isso em algum lugar e se sentiu mal por ter perguntado. — Sinto muito — disse ela em tom de desculpas.

Lourdes encolheu os ombros. — Eu pensei que era de conhecimento geral desde a entrevista ao New York Times no ano passado. — Ele estendeu a mão sobre a mesa e deu um tapinha na mão dela. — Eu estava falando sério quando contei às senhoras mais cedo sobre fazer um evento de autógrafos aqui.

— Mesmo? — Fiona quase engasgou com o café.

— É claro — ele disse enquanto observava as pessoas saindo da loja. — Você tem uma mistura bem eclética aqui e já vi mais do que café e doces sendo comprados.

Fiona olhou para cima e viu Charlie e seus amigos se aproximando do balcão. — Isso eu tenho — ela disse, levantando-se —, realmente.

— Espero que você não esteja planejando dar gorjeta a essa mulher, Charlie — disse Earl e olhou para Fiona. — Ela ficou sentada com aquele velho o tempo todo e não veio encher nossas xícaras de novo nem uma vez. Não é para esse tipo de serviço que eu deixo gorjetas.

— Nós pegamos nossos próprios refills aqui na loja da Fiona — disse Rex em sua defesa e deu-lhe uma piscadela.

— Bem, ela nunca mais vai me ver aqui — disse Earl com um rosnado.

— Duvido que ela vá sentir falta — Rex respondeu com um sorriso em seu rosto queimado pelo sol enquanto piscava para Fiona novamente.

Nessa você acertou, Rex. Não tenho tempo para homens que põem as mãos em mim sem minha permissão, e não é nem ele quem está pagando. É o Charlie.

— Vemos você amanhã, Fiona — disse Charlie e saiu com seus amigos.

Ela voltou para a mesa e encheu novamente suas xícaras. O relógio digital em seu caixa marcava 20:45, e a loja esvaziara, exceto por ela e Lourdes.

— A que horas você fecha? — ele perguntou.

— Às nove.

Lourdes se levantou, entregou a Fiona os papéis que ele assinara e ajeitou a jaqueta de tweed.

Quem diabos usa tweed no sul da Louisiana no verão? Fiona sorriu. Ele era tão eclético quanto qualquer um deles.

— Acho melhor eu ir, então — disse ele e ofereceu a mão novamente. — Estou ansioso para trabalhar com você, Madame DuBois.

"Madame DuBois" a fazia se sentir uma velha. Seu pai teria dito que isso a fazia parecer uma amante de bordel na velha Nova Orleans - e ele certamente saberia sobre isso.

Fiona apertou a mão do homem e se perguntou se o ar condicionado estava muito baixo. A mão dele ainda estava fria, mas ela estava confortável em sua blusa e calça jeans. Talvez ele sofresse de má circulação ou tivesse algum tipo de problema cardíaco.

— Vou fazer com que meu publicitário entre em contato com você para definir os detalhes do evento — disse Lourdes —, e minha editora para providenciar o envio de livros adicionais para o seu estoque. — Ele acenou com a cabeça para a pilha de livros no balcão. — Eu também trarei mais algumas caixas desses.

Um publicitário e estoque extra? Isso poderia ser ótimo para a loja. Os autores locais geralmente forneciam seus próprios livros nos eventos. Ela costumava colocar um anúncio no jornal local e colocar um pôster na janela que imprimia com seu próprio dinheiro.

— Parece ótimo, Sr. Lourdes — disse Fiona enquanto o acompanhava até a porta. — Não sei nem o que dizer sobre ter publicidade e estoque extra para a loja.

— É para isso que eu os pago — disse o autor, enquanto abria a porta.

Fiona observou-o sair para a escuridão e se perguntou onde ele havia estacionado o carro. Ela não viu um no pequeno estacionamento de cascalho, mas a loja estivera cheia quando ele chegara. Talvez ele tivesse estacionado no beco ou na rua.

— O que eu vou fazer sobre o estacionamento para essa coisa? — ela murmurou para si mesma enquanto pegava os pratos das mesas e os limpava. — Suponho que posso ligar para o padre Jim em St. Agnes e perguntar se não há problema em usar o estacionamento da igreja no dia, desde que a coisa seja no sábado e acabe antes das seis, quando ele realiza a missa.

Fiona levou xícaras e pires para a pia, os enxaguou e os empilhou na pequena máquina de lavar louça da bancada. A coisa era pequena, mas atendia aos requisitos do departamento de saúde e salvava as mãos de Fiona de ficarem esfoladas.

Ela passou a hora seguinte fazendo uma lista das coisas que precisava fazer para se preparar para uma sessão de autógrafos com um autor mundialmente famoso em sua pequena loja. Sua cabeça girava enquanto a lista crescia cada vez mais.

Lourdes escrevia terror gótico. Será que ela deveria decorar a loja como para o Halloween, com bruxas de rosto verde, fantasmas feitos de lençóis e vampiros sorridentes? Ela deveria usar uma fantasia? Fiona balançou a cabeça.

Talvez ela tivesse dado um passo maior que a perna com isso. Ela bocejou e deixou o caderno de lado. Se isso fosse ser do tamanho que ela esperava, seria melhor colocar uma placa de "Estamos contratando" na janela. Aquela multidão dessa noite era quase mais do que ela podia aguentar sozinha.

Fiona encarou seu reflexo envelhecido no vidro enquanto trancava a porta. Ela estava ficando velha. Ela apagou as luzes e subiu as escadas para tomar um banho longo e quente e um muito necessário copo de vinho frio antes de dormir.

Ela tirou os sapatos e ligou o chuveiro. Ela sentiu uma coceira estranha atrás dos olhos. Algo - ou alguém - estava tentando entrar. Fiona fechou os olhos e reforçou suas defesas da maneira que tia Ruby havia lhe ensinado há muito tempo.

Após a morte de Annette, Ruby DuBois se encarregara, contra os protestos gritantes do pai de Fiona, de educar a garota nos básicos. Ela mostrara a Fiona como controlar seu temperamento volátil e explicara a razão disso.

— Você é uma forte empata, Fiona. Você sabe o que isso significa? — sua tia e líder do Coven DuBois havia perguntado à garota de dezesseis anos.

Fiona havia balançado a cabeça.

— Isso significa que você sente as coisas mais profundamente do que as pessoas comuns. Seus sentimentos se machucam mais facilmente do que os das pessoas comuns. Você chora durante as cenas de amor nos filmes ou quando alguém morre?

— Mas todo o mundo não chora?

Ruby sorrira. — Você sabe que não.

— Mamãe sempre chorava.

— Sua mãe foi uma das empatas mais fortes que eu já conheci — disse Ruby. — É por isso que ela era uma enfermeira tão boa.

— Isso não a impediu de ter câncer.

O rosto de Ruby havia ficado sombrio. — Não, não impediu, mas se seu pai tivesse nos permitido treiná-la, talvez..

— Talvez o que?

Ruby sorrira e pegara a mão de Fiona. — Agora são águas

passadas, querida. Leia os livros que eu lhe dei e faça os exercícios.

— Sinto muito, tia Ruby, mas não posso. Papai os queimou quando os encontrou.

— Sinto muito, criança — Ruby dissera com os olhos azuis arregalados. — Ele machucou você quando os encontrou?

— Não muito — mentira Fiona. Arthur Carlisle a havia batido com o cinto e ficado de pé atrás dela enquanto ela se ajoelhava no chão duro e recitava Ave Marias até quase meia-noite.

— Você é uma péssima mentirosa, Fiona.

Fiona sorrira. — Não, você é apenas uma boa empata.

As sessões de treinamento haviam terminado naquele dia. Fiona havia feito os exercícios mentais e praticado manter a raiva sob controle com a meditação, mas ela e Ruby não se encontraram mais para treinar. Quando adulta, Fiona se unira à família socialmente, mas não tinha o treinamento necessário para ingressar em um círculo como parte do Coven DuBois.

3

O primeiro domingo do mês significava café da manhã na casa da tia Ruby.

Fiona chegou à casa de tijolos vermelhos pouco depois das oito. Ela usava uma saia verde empoeirada enfeitada com ilhós e rendas da mesma tonalidade, e seu cabelo vermelho estava preso com pentes de latão antigos que haviam sido de sua mãe.

— Tia Fiona, tia Fiona — gritou Benny, o neto de doze anos de Ruby, quando a encontrou no portão para pegar a caixa de doces da mão dela. — O que você trouxe hoje?

— Não se preocupe, querido — disse Fiona —, não esqueci seu doce de framboesa favorito.

— Você é a melhor, tia Fiona — disse Benny e a abraçou com o laço em volta da caixa seguro com força na mão. Benny DuBois na verdade era um primo distante de Fiona, mas por respeito aos mais velhos, ele a chamava de tia Fiona, assim como Fiona sempre havia chamado Ruby de tia Ruby, embora também fossem primas. Ela havia tentado desvendar o emaranhado de seus ancestrais DuBois uma vez, mas desistira depois de algumas gerações, desejando que sua mãe ainda estivesse por perto para lhe explicar as coisas.

Benny correu para a mesa do pátio ao lado da piscina cintilante, onde o resto da família estava sentado com xícaras de café ou copos de leite ou suco. Ruby estava sentada na cabeceira da mesa, seus cachos brancos cortados perto da cabeça. No outro extremo da mesa, uma cadeira estava vazia - ou assim parecia para a maioria, mas Fiona sabia que seu tio Ben estava sentado lá com sua família, desfrutando da companhia deles enquanto esperava que Ruby morresse e se juntasse a ele na vida após a morte.

A maioria das mulheres DuBois e muitos dos homens tinham a capacidade de ver e se comunicar com os mortos. Sua prima Kelly era perita nisso e o usara para se tornar uma celebridade nacional com seu programa de televisão Southern Sightings. Ela e dois de seus amigos viajavam para lugares assombrados nos estados do sul para investigar atividades paranormais. O programa havia começado em uma pequena estação local, mas logo encontrara seguidores nacionais e se tornara sindicado. Agora estava na quarta temporada e não mostrava sinais de que ia parar.

— Como estão as coisas no programa, Kelly? — Fiona perguntou.

A loira passou a mão sobre a barriga inchada e suspirou. — Adiei quaisquer outras viagens até esse aqui nascer. Meti o pé por uma tábua podre em um manicômio abandonado na semana passada no Mississippi, e meu querido marido teve um ataque. Ele me disse que eu estava proibida de ir caçar fantasmas até depois de dar a luz.

— Não posso dizer que eu o culpo por isso — disse Fiona enquanto pegava um bolinho da caixa. — Onde estão seus homens grandes e bonitos hoje? — ela perguntou a Kelly e sua prima Julia, a alta sacerdotisa do Coven de Bruxas DuBois, que estava sentada ao lado de Ruby, sua mãe.

— Grande acidente na estrada I-10 — disse Julia —, e eles chamaram todos os serviços de reboque.

— E todos os policiais — disse Kelly. Seu marido, Dylan, era delegado em St. Martinsville.

— E por que você está com essa cara amarrada? — Fiona perguntou a Melanie, a irmã de catorze anos de Benny. — Parece que você perdeu seu melhor amigo.

— Ela perdeu o celular dela — disse Benny com um sorriso no rosto sardento.

— Estou esperando uma mensagem importante — lamentou Melanie. — Eu preciso do meu celular.

— Eu ia pegar ele de qualquer maneira — disse Ruby —, se ela não parasse de aumentar a conta com todas aquelas mensagens de texto e jogos.

— O vovô diz que ela precisa arrumar um emprego — disse Benny, olhando de relance para a cadeira do avô.

Fiona podia ver o rosto sorridente do homem de setenta anos na cadeira. Ele piscou para Fiona e ela sorriu de volta.

— Como se alguém nesta cidade fosse contratar uma menina de catorze anos — disse Melanie e pegou um dos doces.

Fiona sorriu. — Você não sabe.

O som de uma criança chorando veio da casa. — Parece que ele está com fome de novo — disse Julia enquanto oferecia mordidas de muffin para suas gêmeas de dois anos em cadeirões ao lado dela.

— Eu vou buscá-lo — disse Fiona e se levantou. — Ele está no refúgio?

— Você quer dizer o berçário — disse Benny. — É assim que chamamos agora.

Julia pegou outro bolinho na caixa. — Mas acho que vamos precisar de um quarto maior — disse a pequena ruiva com um sorriso travesso.

A boca de Ruby se abriu. — Você está grávida? Já?

— Eu fiz xixi na varinha mágica de plástico esta manhã — ela disse, levantando o polegar —, e recebi um sinal de positivo da deusa. Você vai ser avó novamente em cerca de seis meses.

Fiona sorriu para as jovens mães do outro lado da mesa. — Eu sei que Ruby explicou a vocês o que faz as suas barrigas ficarem inchando desse jeito.

— Sim — disse Kelly com um bolinho na mão —, esses bolinhos de cenoura com essa cobertura de creme de manteiga que não podemos resistir.

O bebê chorou de novo. Fiona virou-se e caminhou até a casa. No quarto com um berço, cercadinho e estantes cheias de fraldas plásticas, ela encontrou Dustin chutando as perninhas e berrando.

— Nossa — disse Fiona, franzindo o nariz. — Não acho que você esteja uivando porque está com fome, lobinho.

Ao som de uma voz feminina, a criança se aquietou. Fiona pegou uma fralda da prateleira e lencinhos da caixa. Enquanto ela dobrava a fralda suja para jogar na lata de lixo, algo tocou no berço. Fiona afastou a colcha e encontrou um telefone celular em uma capinha rosa brilhante. O rosto sorridente de Melanie encheu a tela. Ela o colocou no bolso.

— Você está pronto para sair e se juntar ao resto da festa, rapaz? — Fiona fechou o macacão dele antes de pegar o bebê e levá-lo para a mãe.

— Eu troquei a fralda dele — disse ela e entregou o bebê agitado a Julia.

— Obrigada, tia Fi — disse Julia e pegou a criança em seus braços. Ela abriu a blusa e o colocou no peito para mamar.

Fiona riu. — O lobinho tem um grande apetite.

Julia revirou os grandes olhos verdes. — Por favor, não deixe o pai dele ouvir você chamá-lo assim.

— Ele ainda está um pouco sensível sobre a maldição de Althea, é? — Fiona perguntou com um sorriso.

— Todos nós estamos — Ruby disse com um longo suspiro. — Aquela mulher Rubidoux custou muito a essa família. — Ela olhou para o espectro do marido perdido do outro lado da mesa.

— Sinto muito, tia Ruby. Não quis cutucar nenhuma ferida.

— Está tudo bem, querida — disse a senhora. — Como estão os negócios na loja?

— Muito bons, na verdade — disse ela e encheu uma xícara

de café fresco do bule sobre a mesa. — Eu queria perguntar sobre uma coisa.

— Sobre o que? — Ruby perguntou enquanto tomava o último gole de café na sua xícara. — Você pode levar isso para a cozinha e reabastecer para nós, Mel? — Ruby empurrou o bule vazio em direção à neta.

— Claro, vovó — disse a adolescente loira e esbelta enquanto se levantava.

— Ah, espera — disse Fiona e entregou a Melanie o telefone que ela encontrara no berço. — Eu acho que o Dustin já terminou de usar.

— O Dustin? — a garota disse com seu lindo rosto franzido em confusão. — Ah — acrescentou ela com um suspiro aliviado ao pegar o retângulo rosa de Fiona —, devo ter deixado ele no berço quando o coloquei para dormir mais cedo. — Melanie estudou o telefone, pegou a cafeteira vazia sem tirar os olhos da tela e foi em direção a casa.

— Essa criança vai estragar os olhos olhando para aquela coisa o dia todo — Ruby resmungou antes de se virar para Fiona. — Você disse que tinha uma pergunta?

— Sim — disse Fiona. — Você sabia que Marcus Lourdes tem uma casa nos arredores de St. Elizabeth em algum lugar?

— Lourdes? — Ruby disse. — O nome soa familiar, mas não sei por quê.

— Porque — Benny comentou —, ele escreveu aquele filme "O Julgamento" que todo mundo quer ver.

— Eu não sei sobre todo mundo — disse Kelly.

— Bom, eu sei — disse Benny, arreganhando os dentes e assobiando. — É sobre vampiros em Nova Orleans.

— Ai, pela deusa. Aquela tal de Rice já não fez isso? — Ruby disse antes de se virar para Kelly. — Você poderia ir ao meu escritório pegar aqueles velhos diários de família? Acho que me lembro de ter visto uma menção à família Lourdes em um dos mais antigos enquanto pesquisávamos a bruxa Clairvoux para o nosso livro.

Ruby e Kelly haviam escrito um livro sobre Angelique Clairvoux, uma mulata, bruxa vodu, que havia sido morta por senhores de escravos antes da Guerra Civil em St. Martinsville. Diziam as lendas que a garota havia amaldiçoado a região, tirando a vida de vários homens. Fiona tinha "A Lenda da Bruxa do Pântano" em sua loja e ele vendia bem no Halloween todo ano, quando a cidade de St. Martinsville realizava um festival em homenagem à garota morta.

Melanie voltou com a cafeteira cheia e encheu a xícara de todas. Kelly voltou com uma pilha de diários encadernados em couro e os colocou na frente de Ruby, que começou a examiná-los com cuidado.

— Você é muito boa nisso, querida — disse Fiona quando Melanie encheu sua xícara. — Você gostaria de um trabalho para o verão?

Os olhos de Melanie se arregalaram por um minuto, depois se estreitaram. — Que tipo de trabalho?

— Eu tenho estado bastante ocupada na loja — disse Fiona —, e eu tenho um grande evento de autógrafos em algumas semanas. Vou precisar de ajuda e prefiro não contratar um estranho.

— Eu não sei — disse Melanie em um tom tímido —, quanto você paga, e o que eu vou ter que fazer?

— Não espere que ela lave a louça — alertou Benny. — Mel odeia lavar a louça e sempre foge na vez dela. — Ele mostrou a língua para a irmã e ela jogou um pedaço de muffin nele.

— É uma cafeteria — disse Fiona, — e oferecemos doces, sanduíches e saladas, então vai ter louça envolvida, mas — acrescentou ela quando viu o rosto de Melanie se retorcer —, eu tenho uma máquina de lavar louça.

— Nós temos uma máquina de lavar louça — disse Benny com um sorriso —, mas ela ainda não gosta de lavar a louça.

— Quanto ao pagamento — disse Fiona, ignorando as cutucadas verbais de Benny na irmã carrancuda —, é apenas o salário mínimo mais as gorjetas que você recebe no café.

— Gorjetas? — Melanie perguntou com um sorriso.

— Você teria que ser legal e sorrir para ganhar gorjetas — disse Benny. — Então, eu não contaria com elas se fosse você, Mel.

Melanie jogou o bolinho inteiro por sobre a mesa na cabeça do irmão.

— Dá para vocês dois pararem com isso? — Ruby perdeu a paciência com os netos. — Entrem na casa e vão limpar seus quartos se não conseguem se sentar à mesa e se comportarem como seres humanos educados.

— Sim, senhora — disse Melanie e engoliu o copo de suco. Ela ficou em silêncio por um minuto antes de se virar para Fiona. — O vovô diz que devo te agradecer pela oferta de emprego, tia Fiona, e aceitá-la. — Ela olhou para a avó. — Então, obrigada, e quando você quer que eu comece?

Fiona sorriu com um olhar para Ruby. — Se estiver tudo bem com sua avó, você pode vir comigo hoje e começar esta tarde.

Ela abria a loja todos os dias, mas não até uma da tarde aos domingos, e fechava às sete em vez das nove. Embora St. Elizabeth tivesse uma história mágica, havia famílias não mágicas suficientes vivendo na área agora que Fiona abria mais tarde em respeito a St. Agnes, padre Jim e sua congregação católica. Afinal, a Louisiana ainda fazia parte do cinturão da Bíblia, e Fiona fazia o possível para respeitar isso.

— Sim, claro — Ruby disse com o nariz perto das páginas de um dos diários antigos. — Junte suas coisas e faça como sua tia manda.

Melanie beijou o topo da cabeça da avó. — Obrigada, vovó — disse ela antes de correr para a casa com o irmão.

— Eu não sei o que aconteceu com a doce criança de quem eu costumava tomar conta — disse Kelly enquanto esfregava a barriga.

Julia bufou. — A adolescência aconteceu — disse ela com um suspiro. — E não estou ansiosa por isso com essas duas. — Ela acenou para as gêmeas com cobertura de creme de manteiga e bolinho espalhados em seus rostos.

— Eu encontrei — Ruby gritou. — Eu sabia que tinha visto esse nome nos registros antigos.

— E? — Fiona pediu à tia.

— Os Lourdes vieram para o sul com as famílias fundadoras originais — disse Ruby. — Há uma anotação aqui de que Matthias Lourdes perdeu sua esposa no parto e ficou noivo de Josephine DuBois, mas não consigo encontrar nenhum registro de que o casamento tenha acontecido em lugar nenhum. — Ela folheou algumas das páginas rígidas de pergaminho. — Talvez ele tenha morrido antes do casamento. Segundo diz aqui, Matthias tinha quase sessenta anos quando o noivado foi feito com a garota DuBois, que tinha dezesseis anos.

— Ecaaa — Melanie sibilou quando ela caiu em uma cadeira com a mochila em uma mão e o telefone na outra. — Isso seria como se casar com seu avô. Que nojo. — Ela olhou para a cadeira de Ben. — Desculpe, vovô — ela murmurou.

Ruby sorriu, ouvindo a voz do marido que apenas ela podia ouvir. — Eles faziam as coisas de forma diferente naquela época — disse a senhora. — Era melhor encontrar um marido para uma jovem do que acabar com uma filha solteira com um bebê na barriga.

— Estou bem feliz por termos evoluído desde então — disse Melanie.

— Alguns evoluíram — disse Fiona, pensando nas palestras que recebera do pai sobre se envolver com rapazes e acabar grávida como havia acontecido com a mãe dele. Ele jurara achar um homem bom e decente para ela se casar entre os membros da igreja, e isso acabara por empurrar Fiona para os braços do bad boy Elliot no ensino médio. — Mas outros nem tanto.

— Como *está* seu pai, querida? — Ruby perguntou com um tapinha na mão de Fiona.

— O mesmo babaca de sempre — disse ela —, mas eles o mantêm medicado na casa de repouso a maior parte do tempo.

Ruby sorriu. — Isso é provavelmente para o melhor.

— Melhor para as enfermeiras que não têm que aturar suas demandas, ameaças e boca suja — concordou Fiona.

— Conte-me mais sobre esse trabalho, tia Fiona — interrompeu Melanie. — Por que você decidiu que precisava de alguém agora? Você nunca teve nenhuma ajuda antes.

Fiona deu de ombros. — É este grande evento que está chegando — disse ela. — Eu sei que não posso lidar com isso sozinha.

— Que tipo de grande evento? — Melanie perguntou.

— Tarde de autógrafos com um grande autor.

— J.K. Rowling? — Melanie disse com entusiasmo. — Eu gostaria de conhecê-la.

— Não, Marcus Lourdes — disse Fiona e esvaziou sua xícara.

— O cara que escreveu "O Julgamento"? — Kelly ofegou. — Como você deu uma sorte dessas?

Fiona deu de ombros. — Apenas sorte — disse ela. — Ele entrou na loja na outra noite, disse que estava aqui trabalhando em seu próximo livro e perguntou se eu venderia alguns de seus trabalhos publicados independentemente. Uma coisa levou à outra e eu aceitei sediar uma tarde de autógrafos e lidar com um publicista mal-humorado de Nova York. — Fiona respirou fundo. — É por isso que eu queria falar com tia Ruby. Lourdes disse que ele era daqui e estava ficando em uma antiga casa de família enquanto trabalhava em seu manuscrito. — Ela voltou-se para Ruby. — Você conhece alguma propriedade dos Lourdes na área?

Ruby ficou pensando por um minuto e depois folheou os diários novamente. — O único lugar em que posso pensar é esse lugar antigo a leste da cidade, fora do asfalto em frente ao lago. — Ela sorriu. — Ben Jr. e seus amigos costumavam fazer festas lá. Ele brincava dizendo que eles estavam saindo para compartilhar umas bebidas com o lobisomem na mansão assombrada no pântano. — Ela se virou para a filha. — Você conhece o lugar, Julia?

Julia sorriu. — Sim, conheço. Todo mundo achava que ele era

assombrado porque não importava quantas vezes eles invadissem, a casa sempre estaria trancada, limpa e consertada na próxima vez que fossem. — Ela estremeceu. — O lugar me deu arrepios. Eu só fui uma vez. E você, Kel?

Kelly balançou a cabeça de cachos loiros grossos. — Eu nunca fui — disse ela. — Eu tentava evitar lugares que diziam ser assombrados.

Melanie riu. — Agora você é famosa por isso.

— É — disse Kelly com um suspiro —, engraçado como as coisas acontecem.

Fiona pegou o telefone e verificou as horas. — Melhor irmos, querida. A loja abre em uma hora.

Melanie pegou suas coisas e foi para o carro de Fiona. Julia aconchegou o filho adormecido no ombro e agradeceu a prima em voz baixa enquanto Fiona se virava para seguir sua nova funcionária.

— Obrigado, Fiona — ela ouviu a voz de seu tio Ben dizer. — Ruby precisa de um descanso da menina, e eu sei que você será mais capaz de lidar com o humor dela do que sua pobre tia.

Ruby havia sofrido um derrame após a perda de seu filho, nora e querido marido. Isso a deixara fraca e andando com uma bengala. Fiona ficou feliz em ajudar, sorriu e acenou com a cabeça para a aparição sombria de seu tio Ben, enquanto ele se sentava perto de onde havia caído e morrido no pátio, e esperava que seu único amor verdadeiro se juntasse a ele.

Entristecia Fiona saber que ela provavelmente nunca conheceria um amor como aquele em sua vida.

4

O Lar para Idosos Shady Rest ligou para Fiona às 6:30 da manhã uma semana depois que Melanie havia vindo trabalhar para ela. O pai dela estava tendo uma manhã ruim depois de uma noite muito ruim, disseram eles.

Fiona se vestiu e deixou Melanie tomando conta da loja. A garota tinha aprendido tudo incrivelmente rápido, aprendendo a usar a máquina registradora, a máquina de café e a máquina de lavar louça depois de apenas algumas tentativas, e ela era ótima com os clientes - especialmente os clientes do sexo masculino.

— Eu só vou sair por alguns minutos, Mel — disse Fiona à garota de olhos arregalados. — Meu pai está deixando todo o mundo louco na casa de repouso, e eles querem que eu o acalme.

— Ele está em um asilo? — a garota de catorze anos perguntou.

— No Shady Rest atrás da sorveteria Dairy Queen — disse Fiona enquanto contava as notas que estavam no caixa. Dar troco para a multidão do café da manhã podia esgotar as notas de um em pouco tempo, e ela não queria que Melanie tivesse problemas. — Vou fazer isso o mais rápido que puder, Mel — ela se desculpou —, mas quando ele está num dos humores dele, ele enlouquece as pobres enfermeiras, e eu não posso permitir que elas o expulsem por causa do seu mal comportamento agora.

— Ele está doente?

— Demência e Mal de Parkinson — disse Fiona com um suspiro.

— Vai lá cuidar do seu pai, tia Fiona — disse Melanie e abraçou a tia. — Eu gostaria que o meu ainda estivesse aqui para eu cuidar dele.

O pai de Melanie, Ben Jr., junto com sua mãe, havia sido morto por uma bruxa Rubidoux. Havia sido um capítulo triste na longa disputa entre os DuBois e Rubidoux.

Fiona abraçou a garota em troca e beijou o topo de sua cabeça loira. — Eu sei que sim, querida. — Ela enxugou uma lágrima da bochecha de Melanie. — Eu sei que você sente falta dele, e eu vou voltar logo.

Ela se virou para a mesa onde Charlie estava sentado com seu parceiro Rex. — Fique de olho em Mel para mim, Charlie — ela chamou a caminho da porta. — Eu tenho que correr até Shady Rest e cuidar do meu pai.

— Claro, Fiona — Rex respondeu com um sorriso. — Vamos garantir que ela não fuja com o dinheiro do caixa.

— Obrigada — disse Fiona e revirou os olhos. Melanie roubá-la era a menor das suas preocupações. A garota vinha sendo ótima com o caixa. O que Fiona temia eram clientes que poderiam tentar tirar vantagem da jovem se percebessem que ela estava sozinha no prédio saindo sem pagar... ou coisa pior. Fiona não queria pensar no "pior", mas isso a preocupava.

— Por que você teve que escolher agora para ter um de seus ataques, papai? — Fiona murmurou para si mesma enquanto segurava uma caixa branca de doces que ela juntara para os funcionários atormentados da casa de repouso e dava marcha a ré com o Ford Escape azul brilhante para sair do estacionamento de cascalho na manhã nublada. — Eu não tenho tempo para suas besteiras agora.

Fiona virou na rua asfaltada ao lado da sorveteria Dairy

Queen, que agora estava vazia, e estacionou em um local próximo à entrada de vidro do Lar para Idosos Shady Rest, adjacente ao Hospital St. Elizabeth. Fiona não queria ter colocado o pai na casa de repouso, mas não tivera outra opção. Sua antiga cuidadora havia encontrado Arthur Carlisle, de 80 anos, no chão de sua pequena casa, depois que ele caíra e quebrara o quadril. Ele havia ficado lá naquele estado desde o dia anterior, quando tropeçara em uma peça de mobiliário na sala de estar no caminho de volta do banheiro sem o celular que Fiona lhe dera para emergências e sem seu colar de alerta de emergência para acionar e pedir ajuda.

Fiona não podia cuidar dele e administrar seu negócio. Ela não podia movê-lo para o apartamento dela, e ela não mudaria as coisas dela para a casa dele. Shady Rest tinha sido sua única opção. Felizmente, os cheques de aposentadoria do seu pai e alguma assistência estatal cobriam a maior parte do custo mensal de três mil dólares, mas Fiona ainda tinha que gastar quase oitocentos dólares para manter o pai no local.

— Oi, pessoal — disse Fiona com um sorriso brilhante, enquanto colocava a caixa branca de doces em cima da mesa —, aqui está o seu suborno regular para tolerar o velho caquético. O que está acontecendo com ele hoje?

Gina, a enfermeira chefe da unidade, ergueu os olhos da brochura na mão. — A amiga dele, Margo, veio visitá-lo ontem — disse ela —, e ele parecia estar de bom humor, mas o pessoal do turno da noite passada disse que ele cuspiu os remédios e fez um barulho terrível, e eles tiveram que amarrá-lo na cama, mas fica assim por aqui perto da lua cheia.

— Eu entendo — disse Fiona com um suspiro enquanto se afastava da mesa e descia o piso de azulejo polido em direção ao quarto de seu pai. — Espero que todos saibam o quanto eu aprecio vocês por tolerarem ele do jeito que fazem. Eu sei como ele pode ser difícil de lidar quando está irritado.

— Não se preocupe, senhora Fiona — disse Gina enquanto

analisava os doces e pegava um grande muffin de cenoura —, é para isso que eles nos pagam.

O pai dela estava preso em uma cadeira de rodas, os joelhos nodosos sob uma roupa de hospital e um roupão felpudo. Ele usava meias e um par de chinelos de couro nos pés. Sua mão esquerda tremia no colo enquanto olhava para a tela plana da televisão.

— Como você está esta manhã, papai?

Arthur Carlisle virou a cabeça ao som da voz dela, mas Fiona não viu nenhum sinal de reconhecimento em seus olhos azuis e lacrimejantes.

— Eu disse que não vou tomar nada do seu maldito veneno — disse ele com os lábios finos e secos torcidos em um rosnado.

Fiona lembrava-se daquele rosnado no rosto de seu pai e, mesmo depois de tantos anos longe dele dominando sua vida, ele ainda causava um calafrio na sua espinha.

— É Fiona, papai — disse ela e deu um passo mais perto. A sala cheirava a produtos de limpeza anti-sépticos, urina e homem velho.

— Fiona? — ele disse com os olhos estreitando. — Fiona Carlisle ou Fiona DuBois?

Seu coração acelerou com um medo antigo. Ele sabia exatamente quem ela era, e ela se preparou para o que estava por vir. Era assim que ela se lembrava dele: sempre a postos para um caloroso confronto verbal. Naqueles confrontos em sua juventude, eles geralmente se tornavam físicos.

Fiona olhou para o velho frágil amarrado na cadeira de rodas. Ela sabia que o confronto não se tornaria físico hoje, mas as palavras do velho maldito podiam doer tanto quanto o cinto dele quando ela era criança, e Fiona não estava ansiosa por isso.

Ela respirou fundo e seguiu em frente. — Os cheques que assino todos os meses para mantê-lo neste lugar dizem Fiona DuBois — disse ela com uma voz forte e firme —, então suponho que seja Fiona DuBois.

Ele levantou a mão e apontou um dedo trêmulo para a filha.

— Bruxa — ele sibilou. — Você queimará no inferno junto com sua mãe bruxa e toda a sua laia duBois.

A menção de sua falecida mãe fez o sangue de Fiona ferver lentamente. Era um dos botões dela que ele sabia que podia apertar. — Mamãe se foi, papai. Deixe-a descansar em paz.

— Você vê isso — seu pai cuspiu e fez um gesto ao redor da sala. — Ela fez isso com uma de suas malditas maldições antes de morrer. — Ele tossiu, pigarreou e cuspiu algo no chão. — Ela me olhou nos olhos, apontou o dedo para mim e disse que eu morreria falido e sozinho em uma sala assim um dia. A puta me amaldiçoou no leito de morte e depois me deixou com você, outra bruxa maldita, para criar. — Ele começou a soluçar no braço do seu roupão.

Fiona já tinha visto esse ardil antes. Ele queria algo e estava usando seu número do pai pobre e abandonado nela. — O que você quer agora, papai?

Ele levantou a cabeça e olhou para a filha. — Talvez eu só precise de uma filha que siga os Mandamentos e ame o pai como deveria, em vez de alguém que não mostra respeito e o coloca em um lugar horrível como esse para ser envenenado até a morte.

— Acredito que os Mandamentos — disse Fiona com um suspiro —, dizem para honrar seu pai e nada sobre amor ou respeito. Essas coisas são merecidas, e você não as mereceu de nenhuma maneira que eu me lembre, papai.

Ele apontou um dedo para Fiona novamente. — Você tem raízes sombrias, menina — ele sussurrou —, e nunca se esqueça disso. Fiz você ir para St. Agnes, para que as freiras pudessem tirar isso de você às bofetadas. Mas não deu certo, deu?

As juntas de Fiona palpitaram com a menção da Escola St. Agnes. Ela passara doze anos cansativos lá, sob a supervisão das freiras que seu pai havia alertado sobre as raízes mágicas na sua família. Ela fora forçada a ler livros e escrever relatórios sobre a gloriosa Inquisição e a incansável busca pelo mal por toda a Europa na Idade Média. Quando qualquer um desses relatórios parecia um pouco negativo - e a maioria deles era - Fiona era forçada a ficar de detenção e a reescrevê-los com mais positividade.

— Papai, eu não vim aqui para debater suas falhas miseráveis como pai ou marido — disse ela. — A enfermeira ligou para dizer que você estava chateado e as importunando novamente, então o que é? O que você quer agora?

— Eu quero ir para casa — ele finalmente disse. — Margo disse que viria e ficaria comigo se eles me deixarem sair daqui. — Ele olhou para Fiona com lágrimas reais nos olhos. — Se você me deixar sair daqui.

Margo Beaumont, uma afro-americana idosa em St. Elizabeth, havia cuidado do pai por dois anos antes do acidente, cozinhando as refeições, fazendo as compras para ele e limpando a pequena cabana de dois quartos. Fiona confiava completamente nela e achava que a pobre mulher merecia ser feita santa por aguentar o mau humor e a boca suja do homem.

— O médico disse que ele não pode liberá-lo para ir para casa até que você termine sua fisioterapia, papai — disse Fiona e observou o rosto do velho escurecer.

— Eles são torturadores — ele sibilou. — Aquele garoto insuportável gosta de me ver com dor. Juro que ele é um bastardo dos Rubidoux.

— Que nem você? — ela disse com um sorriso travesso. Roseanna Carlisle havia engravidado após um breve caso com um garoto Rubidoux no ensino médio e dado a luz a Arthur. Ela e sua estrita família católica o haviam criado na fé e, quando ele se casara com Annette DuBois, recusara-se a usar o nome dela como era costume dos DuBois e a fizera jurar abandonar suas raízes mágicas de DuBois e criar seus filhos na Igreja.

— Sim, como eu — seu pai retrucou. — Minha mãe não era nada além de uma vadia prostituta que copulou com um Rubidoux, e eu fui o resultado de seu pecado. — Ele apontou para Fiona novamente, seu dedo tremendo pela raiva e pelo Parkinson. — E você é duplamente amaldiçoada, garota. Sou Rubidoux, e sua mãe era uma maldita DuBois. Todos nós vamos queimar no inferno pelo sangue maligno das bruxas em nossas veias.

Fiona já ouvira tudo isso antes e não pretendia ouvir mais nada. — Vou conversar com Margo e o médico, papai — disse ela —, mas sei o que ele vai dizer. Ele não vai liberar você até que você termine sua fisioterapia e possa atravessar uma sala com uma bengala para ir ao banheiro.

— Então traga aquele maldito Torquemada aqui e vamos com isso — ele gritou, referindo-se ao mais famoso mestre de tortura da Inquisição.

— E você tem que tomar seus remédios, papai — acrescentou Fiona para garantir.

— Eles estão tentando me matar com esse veneno — seu pai choramingou. — Isso me deixa com sono e sei que não vou acordar mais se tomá-lo.

— Tenho certeza de que é exatamente isso que eles desejam — murmurou Fiona para si mesma. — É o que o médico receitou para você, papai — disse ela mais alto —, e se você não tomar, ele não vai deixar você ir para casa.

A atenção de Arthur mudou para um pássaro em um arbusto do lado de fora da janela. — Ele é um velho charlatão — seu pai finalmente disse —, e provavelmente me quer morto também.

— Eu duvido disso, papai — disse Fiona enquanto ajeitava o roupão do velho. — Como ele pagaria pela casa grande que construiu no lago se matasse todos os seus clientes pagantes?

Arthur Carlisle agarrou o pulso de sua filha. — Você conversará com ele sobre me tirar deste lugar? Margo disse que viria ficar comigo no seu antigo quarto e cuidar de mim.

— Vou conversar com os dois, papai. Eu prometo. — ela disse e arrancou os dedos dele do braço dela. — Mas você tem que prometer também. Você tem que prometer ser bonzinho e fazer o que as enfermeiras mandam, tomar seus remédios e fazer sua fisioterapia.

Seu pai olhou para ela. — Eu irei — ele disse com relutância

—, mas é melhor você não estar mentindo para mim, Fiona DuBois.

— Tudo bem então — disse ela com um sorriso antes de beijar o topo de sua cabeça cinza. — Eu tenho que voltar ao trabalho.

— Trabalho? — o pai dela disse com o rosto torcido em confusão. — Esse seu marido não cuida de você? Por que você está trabalhando?

Fiona balançou a cabeça quando o pai caiu em um de seus lapsos de memória. Ele realmente havia perdido os últimos dois anos e não se lembrava da sua separação e divórcio de Elliot? Ele havia esquecido a Pão da Vida e como a ajudara a construir prateleiras para os livros, refazer o chão e pintar as paredes? Ela balançou a cabeça. O médico dissera a ela que esse tipo de demência poderia ser hereditária. Seria isso algo que também faria parte do seu futuro? Ela certamente não se importaria de esquecer Elliot.

Ela pensou sobre o que ela e Melanie haviam conversado na noite anterior.

— Eu posso ensinar o que você precisa saber para trabalhar em um círculo, tia Fiona. Eu vou ser a Alta Sacerdotisa um dia.

— É mesmo? — Fiona havia dito com um sorriso, pensando nas gêmeas de Julia.

— Jules e vovó dizem que sou uma forte empata e tenho potencial para ser uma boa sacerdotisa.

— Isso é bom.

— A vovó diz que você também é forte, tia Fi. Você será fácil de treinar.

— Disso eu não sei. Espero que você não queira ver minhas transcrições de St. Agnes.

Os olhos de Melanie haviam se arregalado. — Você estudou na escola católica?

Fiona assentira. — Com certeza — ela dissera —, mas eu não recomendo. Essas freiras são vadias sádicas e cruéis.

— Sério?

— Acho que eles as fazem ter aulas especiais naqueles malditos conventos.

— Estas são mulheres religiosas?

A mente de Fiona se voltara ao rosto carrancudo da irmã Mary Joseph. — Acho que algumas pessoas podem levar sua religião a um nível fanático. — Ela sorrira para a jovem. — Tenho certeza que você já ouviu falar da Inquisição.

— Os que torturaram bruxas e as expulsaram da França.

Fiona assentiu. — Esses homens eram padres - homens religiosos da Igreja Católica -, mas gostavam de torturar e matar as mulheres.

— Então, eles eram como lobos em pele de cordeiro?

Fiona havia imaginado a irmã Mary Joseph usando o rosto de um lobo e sorrira. — Exatamente — ela dissera. — A maioria das pessoas vê as freiras como mulheres de Deus, boas e gentis, mas são humanas e têm as mesmas falhas e fraquezas que os outros humanos.

— O poder corrompe — dissera Melanie com um suspiro —, e o poder absoluto corrompe absolutamente.

Fiona arqueara uma sobrancelha. A garota era impressionante. Talvez ela pudesse lhe ensinar alguma coisa, afinal.

— Quando você gostaria de começar meu treinamento, senhora? — Fiona perguntara com um sorriso.

— Que tal hoje à noite depois de fecharmos?

5

Fiona encontrou mais do que café esquentando na Pão da Vida quando voltou de Shady Rest.

Melanie estava atrás do balcão, de frente para três homens grandes, vestidos de terno. Cabelos pretos compridos caíam pelas suas costas em contraste com suas roupas elegantes. O rosto jovem de Melanie estava mais pálido do que o normal e seus olhos azuis arregalados de medo.

— O que está acontecendo aqui? — Fiona exigiu enquanto entrava pela porta.

Os homens viraram a cabeça e Fiona observou Melanie se afastar do balcão, aliviada com a chegada da tia. O mais velho dos três deu um passo em direção a Fiona. — Você é a senhora Elliot Clegg? — ele perguntou com uma voz profunda destinada a intimidar. — Sra. Fiona Clegg?

Fiona olhou para o homem confusa. — Eu era casada com Elliot Clegg — ela admitiu —, mas nunca tive esse nome. Sou Fiona DuBois, a proprietária desta loja. O que é tudo isso, e por que vocês estão aqui assustando minha ajudante? — Fiona deu a volta no homem e colocou a bolsa no balcão.

— Eu sou Hector Rugido de Urso — o homem disse e acenou para os dois capangas com ele —, e esses são meus associados.

Trabalhamos para os Serviços de Recuperação de Portfólio de Propriedades Nativas e estamos aqui para conversar com você sobre o contrato que você e seu marido assinaram com a Native River Casinos Incorporated.

— Eu não sei do que você está falando — respondeu Fiona enquanto procurava em sua memória pelo nome. — Nunca ouvi falar da Native River Casinos Incorporated e nunca assinei nenhum tipo de contrato com eles - especialmente nenhum com Elliot Clegg como co-signatário. Elliot e eu estamos separados e divorciados há mais de dois anos.

— Você nunca esteve no Belle Isle Casino? — ele perguntou com um tom incrédulo.

— Já ouvi falar — disse Fiona —, mas nunca estive lá. Este lugar me mantém bastante ocupada.

O homem de pele morena olhou em volta para as mesas vazias e sorriu. — Eu posso ver isso.

— Estávamos bem cheias quando eles chegaram aqui, tia Fiona — disse Melanie atrás dela em uma voz trêmula —, mas eles disseram a todos para sair.

Fiona estudou as mesas novamente e viu xícaras meio cheias de café e pratos com comida meio comida. — Você afugentou os meus clientes? — Fiona exigiu.

— Temos negócios a discutir — disse Hector com os olhos estreitos —, e não queríamos nenhuma interrupção.

— Saiam da minha loja — disse Fiona aos homens. — Não temos nada para discutir. Eu nunca fiz negócios com nenhum cassino.

— Eu devo discordar, senhora Clegg — ele disse e enfiou a mão no bolso. Ele pegou um papel dobrado e entregou a Fiona. — Acredito que você encontrará sua assinatura junto com a de seu marido na parte inferior.

Fiona desdobrou a fotocópia em tamanho legal de um contrato e a estudou. O nome dela e o de Elliot estavam nele. Ela examinou a página e ficou sem fôlego quando viu a quantia - cento e vinte e cinco mil dólares. Alguém assinara o nome dela na parte inferior da página, mas não era a assinatura dela, e Fiona exalou.

Ela jogou o papel de volta para Hector. — Essa não é a minha assinatura — disse ela com confiança. — Não sei quem assinou o contrato, apesar de poder adivinhar, mas não fui eu. Fiona DuBois sempre foi meu nome legal. Eu nunca usei Clegg. — Ela olhou para o homem carrancudo. — Você pode perguntar a qualquer pessoa em St. Elizabeth. Sempre fui Fiona DuBois, nunca Fiona Clegg para fins legais.

— Precisamos de ajuda na Pão da Vida — Fiona ouviu Melanie dizer atrás dela e virou-se para ver a garota com o telefone na mão.

Um dos capangas se aproximou da garota com uma carranca no rosto, mas Hector o deteve com um aceno de mão. — Vamos embora agora, senhora Clegg — disse ele, enfatizando o nome —, mas isso está longe de estar acabado. A nossa empresa irá pegar esse seu... — ele acenou em volta com a mão e sorriu — negócio como garantia enquanto tentamos recuperar o dinheiro da sua dívida. Você não poderá usá-lo para conseguir financiamento ou tentar vendê-lo até que essa garantia tenha sido retirada após o pagamento de sua dívida.

Fiona ouviu o barulho de uma sirene de polícia se aproximando. Hector também ouviu. Ele largou a cópia do contrato, fez sinal para seus capangas e eles deixaram o prédio. Ela se virou e Melanie correu ao redor do balcão e para seus braços. A garota liberou o controle que havia mantido sobre seu medo e se debulhou em soluços de partir o coração.

Foi assim que Charlie e Rex as encontraram quando correram pelas portas alguns minutos depois, com as armas apontadas. — O que aconteceu, Fi? — Charlie perguntou. — Você foi roubada?

Rex se inclinou e pegou o papel que Hector havia deixado no chão. Ele assobiou. — Você e Elliot se envolveram com os Serviços de Recuperação? — Ele balançou sua cabeça. — Esses caras são más notícias. Eles jogam duro.

— Isso eu percebi — disse Fiona enquanto segurava sua

sobrinha que ainda soluçava. — Os malditos expulsaram meus clientes do prédio e quase mataram a pobre Melanie de medo.

— Eles colocaram as mãos nela? — Charlie perguntou com o rosto ficando vermelho. — Se eles tocaram em qualquer uma de vocês, eu vou...

— Eles não nos tocaram — disse Fiona. — Eles só ficaram aqui fazendo cara feia e fizeram ameaças caso eu não os pagasse.

Charlie pegou o papel de Rex. — Por que diabos você assinaria um contrato para salvar o filho da puta do Elliot de suas dívidas de jogo, Fi?

Fiona franziu a testa. — Sim, isso realmente soa como eu, não é? Essa não é minha assinatura nesse maldito papel, Charlie. Provavelmente é da puta loira dele.

Melanie levantou a cabeça com um sorriso envergonhado com a vulgaridade de Fiona. — Caramba, tia Fiona, eu não sabia que você conhecia essa palavra.

Fiona sorriu. — É uma palavra antiga, Mel, e eu sou uma mulher velha — disse ela em uma voz suave. — Por que você não sobe e toma um banho quente enquanto eu falo com Charlie e Rex, querida? Isso fará você se sentir melhor. — Ela beijou a testa da garota e a mandou para as escadas.

— Ela vai ficar bem? — Rex perguntou enquanto observava a garota ir.

— Tenho certeza de que sim — disse Fiona —. mas eu ainda gostaria de chutar aquele idiota por assustar a pobre garota daquele jeito com suas ameaças e capangas truculentos.

— Se você não se importa de pegar um café para nós — disse Charlie e pegou a mão trêmula de Fiona —, vamos fazer um boletim de ocorrência.

Uma hora depois, Melanie se juntou a eles e contou aos oficiais como os três homens haviam invadido a loja, ordenado a todos que saíssem pouco antes do retorno de Fiona e exigido que sua tia pagasse a conta de Elliot no cassino. Ela também contou como um dos capangas havia empurrado Fiona quando ele foi atrás de Melanie depois de ouvi-la ligar para a polícia.

— Você foi muito corajosa, Melanie — Charlie disse a ela, e Fiona sorriu com o brilho orgulhoso que isso trouxe para o rosto da garota.

Suas bochechas estavam rosadas. — Obrigada, Charlie — respondeu Melanie e apertou a mão de Fiona. — Estou me sentindo melhor agora.

A chegada do veículo da polícia à Pão da Vida havia atraído a atenção, e algumas pessoas que haviam sido enxotadas por Hector e seus capangas voltaram para adicionar suas histórias à de Melanie.

— Eu sabia que aqueles três peles vermelhas não eram boa coisa — Bernice Watson interrompeu. — Tínhamos acabado de receber nosso café quando eles chegaram aqui e disseram a Lucille e eu para irmos embora. — Ela abaixou a voz e inclinou a cabeça vermelha para falar com Rex de maneira confidencial. — Tenho certeza de que eles tinham armas nos coldres debaixo das jaquetas.

— E você deixou essa criança sozinha com eles sem ligar para denunciá-los às autoridades? — o grande delegado perguntou em tom acusador.

— Nós pensamos que eles poderiam ser agentes federais ou algo assim — disse Lucille em defesa da irmã. — Eles estavam vestindo ternos bonitos e botas polidas. — Ela se voltou para Melanie, que estava no balcão, rindo com os amigos. — Ela parece bem para mim.

— Graças ao Senhor — disse Rex e se cruzou —, mas não a vocês duas.

— Como é? — disse Bernice, indignada.

— Homens que você não conhecia e que você suspeitava portarem armas de fogo escondidas entram em um lugar em que uma garota de catorze anos trabalha — Rex retrucou para as mulheres —, eles mandam vocês saírem do prédio, deixando a criança sozinha com eles, e nenhuma de vocês se incomoda em denunciá-los às autoridades? — Rex se levantou e pegou seu copo vazio. — Vocês duas deveriam ter vergonha de si mesmas.

Lucille também se levantou e olhou para o policial. — Vamos, irmã — disse ela a Bernice —, vamos sair daqui. É óbvio que nossos depoimentos não são necessários nem apreciados aqui.

Charlie se inclinou para sussurrar no ouvido de Fiona. — Tenho certeza que eles serão apreciados muito mais no Lenny's Bar e Grill.

Os olhos de Fiona se arregalaram. — Esses dois pilares da comunidade frequentam uma espelunca como o Lenny's?

Charlie bufou. — Vejo aquele Cadilac delas estacionado no estacionamento quase todos os dias.

— Minha nossa — disse Fiona com um sorriso enquanto observava as duas irmãs impecavelmente vestidas saírem da loja com a cabeça erguida e os ombros retos.

Charlie pegou um panfleto com uma foto brilhante de Marcus Lourdes e o estudou. — Como estão indo os arranjos para o seu grande evento?

Fiona revirou os olhos. — Eu tenho lidado com o publicista sarcástico de Nova York dele — disse ela. — O homem me liga todos os dias ao amanhecer sobre os mais pequenos detalhes. — Fiona arqueou a sobrancelha vermelha e deu de ombros. — E geralmente é para me dizer que ele já tomou conta deles.

— Parece que ele é bom em seu trabalho — disse Rex com uma risada profunda quando se juntou a eles no balcão.

— Eu tenho certeza de que ele é — Fiona admitiu e encheu suas xícaras. — Eu só queria que ele se lembrasse da diferença de fuso horário. Pode ser oito da manhã na cidade de Nova York, mas são apenas sete horas em St. Elizabeth.

— Não se preocupe, Fi — Charlie disse e passou o polegar pela sua bochecha, — ele não fez nada para prejudicar seu sono de beleza.

Fiona sentiu as bochechas começarem a queimar de vergonha, e parecia que todos os olhos do prédio estavam focados nela. — Obrigada, Charlie — disse ela e se afastou com a cafeteira na mão —, é muito gentil da sua parte dizer isso, mas é melhor eu voltar ao trabalho.

Ela ouviu o som do rádio que ele carregava no cinto. — Sim, nós também — disse ele. — Vamos registrar esse boletim e, se esses caras voltarem, ligue para a delegacia e alguém virá aqui para mostrar a eles o caminho para fora da cidade.

— Mais uma vez obrigada, rapazes —disse Fiona enquanto os policiais saíam.

— Ele gosta de você — disse Melanie em seu ouvido com uma risadinha de menina. — Eu acho que ele quer beijar você.

— Ele já beijou — respondeu Fiona com um sorriso malicioso.

— Tia Fiona — a menina disse com a testa franzida e o lábio torcido de nojo. — Eca.

— O que você quer dizer com "eca"? — Fiona repreendeu de brincadeira.

— Pessoas velhas se beijando é nojento — respondeu a garota de quatorze anos com o rosto ainda franzido. — Pessoas idosas como você e Charlie não deveriam estar fazendo esse tipo de coisa. Não é natural.

Fiona riu e deu um tapinha no bumbum coberto pela calça jeans da garota. — Diga-me isso quando você tiver cinquenta anos, garota.

— Não vou querer beijar nenhum velho quando tiver cinquenta anos — disse Melanie — isso é certeza.

Fiona riu e apontou o dedo para a adolescente. — Lembre-se do que você acabou de dizer.

A campainha da porta tocou. — Vovó — Melanie chamou e correu para os braços estendidos de Ruby.

— Ouvimos dizer que vocês tiveram alguns problemas aqui hoje — disse Kelly enquanto abaixava seu corpo pesado em uma das confortáveis cadeiras estofadas que Fiona montara como uma área de leitura na loja.

Fiona olhou para Melanie e sua avó. — Ela ligou para você?

— Ruby — disse Kelly com um suspiro e esfregou sua barriga inchada. — Por acaso você tem chá de camomila? Este pequeno está me dando ataques esta noite. Juro que a irmã dele nunca chutou tanto assim.

— Claro — Fiona disse a ela, — volto já com uma xícara.

Enquanto todas se sentavam ao redor de uma mesa bebendo chá, Ruby falou. — Sinto muito que esse evento desagradável tenha acontecido — disse a mulher mais velha com o copo firmemente nas mãos.

— Eu vou entender completamente — disse Fiona com um olhar para Melanie, — se você tiver medo pela segurança de Mel e quiser levá-la para casa agora.

— Não — interrompeu Melanie —, eu vou ficar. — Ela virou-se para a avó com um olhar de desespero no rosto jovem. — Tia Fiona precisa de mim aqui para a tarde de autógrafos. — Ela apontou para um pôster com o rosto pálido e sorridente de Lourdes.

— Claro, você vai ficar, querida — Ruby disse, dando tapinhas consoladores na mão de sua neta. — O que eu ia dizer era sobre o Círculo do Solstício de Verão na próxima semana.

— Solstício de Verão? — Fiona disse confusa.

— Julia e eu — Ruby continuou à Fiona — achamos que é hora de você tomar seu lugar no Círculo dos DuBois, Fiona.

O convite da ex-Alta Sacerdotisa chocou Fiona, e sua boca se abriu. Ela nunca tivera a participação negada nas celebrações familiares, mas também nunca as procurara. O pai dela a proibira, assim como Elliot.

— Receio que eu seja lamentavelmente ignorante — disse ela — dos funcionamentos de um Círculo.

— Eu posso lhe contar sobre tudo isso — disse Melanie com um aceno desdenhoso da mão enquanto se virava para a avó. — Vou começar a ensinar tia Fiona a como usar seu poder. —

— Já está mais do que na hora de alguém ensinar — disse a mulher mais velha antes de se voltar para Fiona. — Você está ciente das forças da natureza ao seu redor e como atraí-las para você? — Ruby perguntou.

Fiona assentiu. — Minha mãe me ensinou — disse ela com

um sorriso nervoso, — quando papai não estava por perto para ouvi-la.

A velha balançou a cabeça. — Eu nunca soube o que sua mãe viu naquele garoto horrível. Talvez tenha sido o sangue Rubidoux que a atraiu.

— Essa coisa de garoto mau pode ser muito atraente — disse Fiona, pensando em Elliot.

— Mel, querida — Ruby disse —, corra para o carro e traga os livros que estão no banco de trás.

— Claro, vovó — ela disse, pegou as chaves que Kelly ofereceu e correu para o estacionamento.

— Eu trouxe alguns velhos grimórios para você estudar — disse Ruby. — Ler sobre as tentativas e erros de outras pessoas pode ser bastante benéfico para uma bruxa iniciante.

— Estou ansiosa para lê-los — disse Fiona com entusiasmo. — Eu gostaria de poder ter feito isso quando eu era mais jovem.

— Você pode ver e ouvir o tio Ben, não pode? — Kelly perguntou enquanto esvaziava sua xícara de chá.

— Sim — disse Fiona. — Não podemos todos?

Ruby sorriu. — Os dons dos DuBois são fortes em você, Fiona.

Os olhos de Fiona se arregalaram. Ela ouvira a voz da tia em sua cabeça.

— Você pode projetar assim como receber? — Ruby perguntou com sua voz normal.

Agora do que diabos ela estava falando?

Kelly começou a rir. — Ela certamente pode.

Melanie voltou com uma pilha de diários encadernados em couro. — Eu posso ver que tenho meu trabalho preparado para mim — disse ela com uma risada enquanto largava os livros na frente de Fiona.

Naquela noite, depois de fechar a Pão da Vida, Fiona e Melanie caminharam pela estrada ao longo da borda do lago. O ar estava denso de umidade e a brisa da água cheirava estagnada e pesada.

— Apenas estenda a mão e sinta a vida ao seu redor — disse Melanie à tia, enquanto caminhavam na penumbra lançada pela lua. — O que você sente?

Fiona concentrou-se. Ela estendeu a mão mentalmente e sentiu as pontadas das forças vitais lançadas pela miríade de insetos ao seu redor. Mais à frente, ela sentiu o coração pulsante de um pequeno animal no mato ao longo da beira da água - possivelmente um tatu ou coelho.

Ela parou de andar quando foi atingida por outra coisa mais a frente.

— O que foi, tia Fi? — Melanie perguntou quando Fiona parou.

— Dor — Fiona ofegou. — Algo à frente está com uma dor terrível.

A garota pegou sua mão e puxou. — Eu também sinto. Vamos. — Logo elas estavam correndo pela calçada. Fiona concentrou-se na dor da criatura enquanto se moviam em direção a ela. — Você ouviu isso? — Melanie perguntou enquanto parava para ouvir.

Fiona inclinou a cabeça e também ouviu os gemidos lamentáveis de um pequeno animal com dor. Melanie pegou o celular, usou-o como uma lanterna e avançou procurando pelas ervas daninhas na beira da calçada. — Aqui está — a menina disse e se ajoelhou.

O brilho azul do telefone revelou a forma trêmula de um cachorro pequeno. Seus olhos castanhos encaravam Fiona como se pedissem ajuda. Ela podia ver o sangue escorrendo da boca da criatura. — Acho que ele foi atropelado por um carro.

Fiona virou-se para ver o rosto chocado de Melanie. Lágrimas deslizavam por suas bochechas. — Ela está com muita dor — soluçou a adolescente. — Temos que ajudá-la. — Melanie puxou a mão para trás depois que a cachorrinha de pêlo encaracolado gritou de dor quando ela a tocou.

— O que devemos fazer? — Fiona perguntou. — Pegá-la para

levá-la ao veterinário pode causar mais danos se ela tiver lesões na coluna vertebral ou outras lesões internas.

Ela ouviu a garota respirar profundamente, se acalmando. — Temos que ajudá-la, Fi — disse Melanie com uma autoridade repentina. — Use seu poder para olhar dentro dela e ver o que está quebrado.

Fiona não tinha ideia do que a garota estava falando. Olhar dentro? Como ela deveria olhar dentro de um cachorro? Ela não tinha visão de raio-x.

Fiona ouviu Melanie rir ao seu lado. — Mas você tem sim, Fi. Use sua empatia para encontrar o batimento cardíaco dela. — Melanie pegou a mão de Fiona e a segurou acima da cachorrinha. — Pode sentir isso?

— Sim — disse Fiona, admirada, ao ver na cabeça o coração palpitante da pequena criatura e o sangue vivificante que fluía através dele. — Algo está rasgado — Fiona engasgou —, e o sangue está saindo em sua barriga.

— Conserte — Melanie a ordenou.

— Como eu vou consertar isso? — Fiona perguntou. — Eu não sou cirurgiã.

— Apenas se concentre, tia Fiona — instruiu Melanie. — Encontre as bordas do corte e use seu poder para prendê-las novamente. — Melanie apertou o braço de Fiona, e Fiona sentiu uma súbita onda de força vinda da garota. — Você consegue, tia Fi.

Fiona fez como Melanie instruiu. Ela estudou o pequeno corte dentro da cachorrinha, pegou-o e, com a ajuda da força vinda de Melanie, teceu a membrana de volta até que nenhum sangue passasse.

Como isso era possível? Se ela podia realizar uma cirurgia em um cachorro na beira da estrada sem cortar seu corpo, por que outras bruxas não faziam mais para ajudar as pessoas? De repente, ela pensou em sua mãe, que tinha sido uma enfermeira cirúrgica. Os olhos de Fiona se arregalaram. Talvez elas fizessem.

— Acho que as pernas dela podem estar quebradas — sussurrou Melanie. — Você precisa unir os ossos novamente.

Os olhos de Fiona se estreitaram. — Posso fazer isso?

— Você acabou de colar um baço rompido, Fiona. — Melanie riu. — Os ossos devem ser fichinha. Estou bloqueando os receptores de dor no cérebro dela — disse a garota com voz tensa —, mas não sei quanto tempo posso aguentar.

— Entendi — disse Fiona e seguiu o fluxo de sangue do coração do pequeno animal para encontrar os ossos quebrados em seus quadris.

Fiona sentiu uma grande criatura na beira do lago. Ela estendeu seu poder e tocou a força vital do grande jacaré e começou a atraí-la para ela para aliviar a tensão sobre Melanie.

Melanie sentiu o que ela estava fazendo e avisou: — Não tome demais ou você vai matar ele, tia Fi. Apenas tome um pouco para complementar a sua.

Fiona assentiu enquanto estudava a estrutura dos ossos da cadela e começava a colocar o quadril no lugar. Levou quase uma hora para localizar e reparar todos os ferimentos do animal, mas quando ela terminou, e Melanie liberou seu controle mental, a cachorrinha se levantou, sacudiu o pêlo emaranhado e começou a andar por aí.

— Vamos, Poppy — disse Melanie à cachorrinha. — Vamos para casa.

— Poppy?

Melanie sorriu enquanto pegava a cachorrinha em seus braços. — Ela parece um amontoado daquelas lindas papoulas alaranjadas que crescem ao longo da margem do lago na primavera. É o nome perfeito para ela.

Fiona estava quase exausta demais para rir. Ela realmente acabara de realizar uma cirurgia em um cachorro usando nada além de bruxaria?

— Não foi nada mal para uma primeira lição — disse Melanie com uma risadinha enquanto abraçava a cadela agora dormindo contra o peito. — Nada mal mesmo.

6

Compartilhar espaço com uma adolescente e agora uma poodle era mais do que Fiona jamais poderia ter imaginado.

A primeira semana fora uma luta para manter o telefone celular fora de suas mãos, mas Melanie pegara gosto pelo trabalho no café imediatamente. Em seu primeiro dia, ela arrecadara dez dólares em gorjetas e, depois disso, ela se desafiou a superar esse valor.

Embora Fiona se esforçasse para manter o café arrumado, o apartamento no andar de cima era outra história. As roupas descartadas de Melanie estavam espalhadas pelo chão, a pia transbordava com a louça suja de seus lanches noturnos e as almofadas dos móveis do pátio estavam espalhadas por toda a varanda. A garota havia decidido transformar a varanda em um quarto para ela e Poppy durante o verão. Agora ela ostentava uma infinidade de vergões vermelhos de picadas de mosquito, e Fiona havia sido forçada a comprar mais velas de citronela e uma caixa de repelente de insetos.

Fiona finalmente teve o suficiente após a visita de Hector, quando entrou no banheiro para mergulhar na banheira e encontrou o lugar em ruínas. Havia toalhas molhadas empilhadas na banheira e produtos de higiene pessoal espalhados pelo chão ao redor do vaso.

— Melanie — ela gritou —, entre aqui e limpe essa bagunça.

— O que? — a garota perguntou enquanto espiava pela porta com o cabelo trançado e vestindo seu pijama do Bob Esponja. Poppy estava ao lado de Melanie com o rabo balançando.

— Você não pode deixar esse banheiro tão bagunçado — disse Fiona enquanto puxava uma toalha molhada para fora da banheira. — Eu também tenho que usá-lo, sabe? — Fiona sorriu para a cachorrinha. — E você já levou Poppy para o passeio noturno dela? Tenho certeza de que ela também precisa fazer os negócios dela.

Melanie correu para pegar as toalhas molhadas. — Desculpe, tia Fiona — disse ela e abriu o cesto de roupa suja para colocá-las lá. — Vou levá-la para fora em um minuto, mas acho que ela já fez seus negócios na varanda.

— Não se atreva a colocar essas coisas molhadas no cesto — alertou Fiona. — Elas vão criar mofo e fedor. — Poppy entrou para lamber a mão de Fiona. — Espero que você tenha limpado a bagunça dela lá fora. Vá colocar essas coisas molhadas na máquina junto com as toalhas do andar de baixo.

— Sim, senhora — disse a garota e virou-se para a lavanderia empilhada entre o banheiro e a cozinha. — Vamos, Poppy, para que tia Fiona possa tomar um banho. — A cachorrinha correu atrás da adolescente vestida de pijama.

Melanie era boa com o caixa e Fiona confiara nela quase imediatamente com a combinação do cofre, enchendo a gaveta pela manhã antes da abertura e contando e guardando o dinheiro após o fechamento. Ela se mostrara responsável e competente. A garota tinha um jeito com as pessoas, e Fiona suspeitava que ela usasse suas fortes habilidades empáticas em alguns dos clientes mais difíceis.

Não demorou muito tempo para a loja se encher de amigos da escola de Melanie, e Fiona não se importava com a Coca-Cola ocasional que ia para uma mesa sem passar pelo caixa.

Os olhos de Fiona se encheram de lágrimas quando ela assistiu Melanie conversando com uma amiga e suas irmãs mais novas no início de uma tarde.

— Ei, Tammy — Melanie cumprimentou uma jovem morena segurando as mãos de duas meninas mais novas. Todas elas usavam camisetas desbotadas, mas limpas, e calças que haviam sido cortadas para servir. — O que vocês estão fazendo por aí hoje?

— Ei, Mel — a garota respondeu com um sorriso caloroso no rosto muito magro. — Mamãe conseguiu um emprego de faxineira hoje, então eu fiquei com as meninas. Pensei que eu pudesse vir aqui e ler uma história para elas na seção infantil — disse a garota com um olhar nervoso correndo pelo lugar — se estiver tudo bem.

Fiona havia contratado Raquel Clairvoux, uma talentosa pintora de St. Martinsville, para pintar murais caprichosos de personagens populares da literatura infantil nas paredes. A seção infantil tinha um cogumelo enorme e colorido em uma parede, com um gato de Cheshire empoleirado e criaturas do "Onde vivem os monstros". Fiona organizava um dia de leitura uma vez por mês, quando alguém se vestia como um personagem da ficção popular e lia para as crianças. Fiona gostava de ler Harry Potter para as crianças vestida como a professora McGonagall de Maggie Smith.

Uma das garotinhas se afastou da irmã para pressionar o rosto contra o vidro frio da vitrine de doces com os olhos castanhos arregalados.

— Qual é o seu favorito? — Melanie perguntou quando viu o olhar faminto da menina nos doces.

A criança de seis ou sete anos deu uma olhada rápida na irmã antes de responder. — Gosto do bolo de coco com a cobertura branca e fofa — respondeu ela.

— E sua irmãzinha? — Melanie continuou. — Qual é o favorito dela?

— Isso é fácil — disse a garotinha. — Peggy gosta de chocolate. Ela ia querer um pedaço grande desse bolo de chocolate com cobertura de chocolate e granulado de chocolate.

— E Tammy? Do que ela gosta? — Melanie perguntou com um sorriso no rosto.

A menina olhou para a irmã carrancuda. — Quando ela não tá de dieta, e ela tá, ela gosta daquele bolo de chocolate com coco e bombons na cobertura.

— E o que vocês gostariam de beber com isso? — Melanie perguntou. — Coca-Cola, suco ou leite?

— Eu quero leite com chocolate frio — disse a menina enquanto continuava olhando as fileiras de doces na vitrine.

— Eu também — disse a outra garotinha —, mas Tammy vai querer uma Coca Diet pra ficar na dieta.

— Pode deixar — disse Melanie alegremente. — Um pedaço de coco, um pedaço de chocolate comum e um pedaço de chocolate alemão para as três irmãs bonitas com dois copos de leite com chocolate e um copo de Coca-Cola. — Ela sorriu para Tammy. — Servir Coca Diet com este festival de calorias seria um oximoro, você não acha?

As bochechas de Tammy coraram. — Mel, nós não podemos... quero dizer... eu não...

— Não temos dinheiro — Peggy deixou escapar. — Papai tá na prisão de novo.

— Você não precisa se preocupar com isso, Tam — disse Melanie em um tom abafado. — Este é por minha conta. Leve suas irmãs para uma mesa, e eu trago em um minuto.

— Eu não quero a sua caridade, Melanie DuBois — Tammy sibilou enquanto olhava para suas irmãs pequenas que tinham os olhos arregalados.

— Não é caridade, Tammy — disse Melanie com um suspiro. — Eu estava me preparando para fazer uma pausa e tomar um lanche. — Ela deu de ombros e fez o pedido com mais um pedaço de bolo e Coca-Cola. — E eu odeio comer sozinha. Você e suas irmãs vão ser uma ótima companhia neste dia lento, então pode levar elas para uma mesa e sentar.

Tammy cedeu e pegou as irmãs pelas mãos. — Obrigada, Mel — a garota disse e caminhou com suas irmãs sorridentes e tagarelas até uma mesa.

Fiona colocou a mão no ombro de Melanie enquanto a menina procurava pelo dinheiro em seu bolso de gorjetas. — Pode deixar, querida — disse ela. — Pegue as bebidas enquanto eu coloco os bolos em um prato.

— Eu ia pagar por eles, tia Fiona — disse Melanie, segurando uma nota de cinco dólares e algumas de um.

— Eu sei que você ia — disse ela —, mas tudo isso já é de ontem e a senhorita Penny vai trazer mais esta tarde. — Fiona colocou as fatias de bolo em belos pratos de porcelana. — Falando nisso — ela disse —, coloque os biscoitos e cupcakes em uma caixa para as três levarem para casa. Tenho certeza que a mãe delas vai gostar. A senhorita Penny costuma deixar as coisas de um dia na despensa de comida do padre Jim, de qualquer forma. — Ela olhou para as meninas. — Não vai ser desperdiçado.

— Eu vou fazer isso — disse a garota com um sorriso no rosto —, e obrigada, tia Fiona.

— Talvez essas garotinhas vão gostar de conhecer a Poppy depois que terminarem o bolo. Não é hora de ela ir passear?

Melanie sorriu. — Pode deixar, tia Fiona.

Uma semana antes do evento, Marcus Lourdes entrou na loja uma noite empurrando um carrinho carregado com quatro grandes caixas de livros.

Ele olhou ao redor da loja para as mesas que Melanie havia empilhado com seus romances e as paredes adornadas com os cartazes anunciando a tarde de autógrafos. — Isso está incrível, madame — disse ele a Fiona. — Senhor Bascombe diz que tem sido ótimo trabalhar com você para este evento.

Fiona revirou os olhos. — O Senhor Bascombe é implacável — disse ela. — Você deve ser o único cliente dele. Ele liga uma dúzia de vezes por dia para verificar cada detalhe.

Lourdes riu. — Senhor Bascombe tem muitos clientes,

madame, mas raramente todos temos eventos como esse acontecendo ao mesmo tempo, então ele tem tempo para focar seus talentos onde eles são necessários.

Melanie saiu do banheiro e caminhou diretamente para o autor. Ela deu um passo para trás com a boca aberta. — Você é ele — ela suspirou enquanto olhava do rosto vivo de Lourdes para um dos pôsteres —, o autor que escreveu "O Julgamento".

Lourdes sorriu para a garota atordoada. — Sou eu mesmo, mademoiselle, e quem é você? — Ele se virou para Fiona com uma sobrancelha franzida. — Sua filha?

— Nada disso — disse Fiona. — Ela é minha sobrinha, Melanie DuBois. Ela está me ajudando aqui na loja durante o verão.

— Então temo ter lhe trazido mais trabalho, jovem — disse ele, acenando com a cabeça para as caixas.

— Não é problema — Melanie, pegou o estilete do avental e cortou a fita adesiva na caixa de cima. Ela pegou um punhado de livros e os levou para as mesas de exibição para arrumá-los.

— Ela parece ser o que os jovens hoje em dia chamam de uma verdadeira empreendedora.

— É isso mesmo — disse Fiona, enquanto observava a garota indo de mesa em mesa. — Eu não acho que eu poderia ter feito isso sem ela.

A sineta tocou e Fiona se virou para ver Ruby entrar com uma Kelly muito grávida ao seu lado.

— Vovó — disse Melanie e correu para os braços da avó.

— Sua família, madame? — Lourdes perguntou enquanto as mulheres se aproximavam.

— Minha tia Ruby DuBois e minha prima Kelly — disse Fiona, fazendo apresentações rápidas. — Este é Marcus Lourdes, nosso famoso autor em residência aqui em St. Elizabeth.

Lourdes fez uma reverência gentil e beijou as mãos de cada uma.

— Tia Kelly também é famosa — acrescentou Melanie. —

Você pode reconhecê-la de seu programa de televisão, Southern Sightings.

— Por favor, sente-se, madame — disse ele a Kelly, que abaixou seu corpo grávido em sua cadeira estofada favorita. Fiona notou a prima esfregando o local na mão que Lourdes havia beijado. Ela se perguntou o que a empata havia captado do homem.

— Acredito que você filmou um de seus episódios na mansão ao lado da minha em Nova Orleans no ano passado — disse o autor. — A casa dos Marley.

Kelly sorriu e assentiu. — Ah, sim — disse ela, — aquele era um lugar bem animado, pelo que me lembro.

— Suba as escadas e pegue suas coisas, Melanie — disse Ruby. — Seu irmãozinho sente sua falta.

— Mas ainda temos muito o que fazer aqui para nos preparar para a tarde de autógrafos do senhor Lourdes, vovó. Tia Fiona precisa de mim.

— Acho que consigo cuidar de tudo, Mel — disse Fiona com um sorriso. — Vá pegar suas coisas e visite seu irmãozinho por alguns dias.

Melanie franziu a testa. — Ele só está cansado de ter que fazer todas as tarefas enquanto eu estou fora — ela bufou enquanto abria a porta e subia as escadas.

— Você conheceu a família Marley? — Kelly perguntou a Lourdes. — Eu pensei que eles tivessem morrido antes da Segunda Guerra Mundial. A casa está vazia há décadas.

Lourdes assentiu. — A família sofreu muitas perdas trágicas naquela casa — disse ele. — Mortes por febre amarela antes da penicilina, ataques durante a Guerra da Agressão do Norte e até um homem com machado atacando durante os anos vinte, acredito. É tudo muito triste, mas são histórias populares no distrito.

Kelly sorriu. — Você conhece sua história, senhor Lourdes.

— Mas temo que devo me retirar — disse ele com outra reverência. — Minha editora me persegue como um superintendente em um campo de cana-de-açúcar para terminar o próximo livro.

Espero ver todas vocês no adorável evento de Madame DuBois no próximo fim de semana.

— Estaremos lá — Ruby disse com um aceno de sua mão manchada pela idade.

Melanie voltou do apartamento com a mochila enquanto Lourdes saía pela porta e entrava na noite.

— Você o assustou com uma de suas horríveis histórias de fantasmas, tia Kelly?

— Não seja ridícula, mocinha — Ruby repreendeu a neta. — O homem é escritor e provavelmente ficaria feliz de ouvir qualquer um dos encontros de sua tia Kelly com os mortos.

Fiona observou Kelly esfregar a mão novamente. — Você pegou alguma coisa dele, Kelly?

— Eu não sei — disse Kelly com um suspiro —, mas ele era estranho.

Fiona riu. — O homem é escritor — disse ela —, a maioria dos que conheci certamente poderia ser classificada como estranho.

— Nenhuma de vocês sentiu nada? — Kelly perguntou, segurando a mão dela.

— Sentiu o que? — Ruby perguntou com um sorriso inquieto. — Eu posso ter ficado um pouco impressionada e perdido o que quer que seja.

Kelly respirou fundo. — Eu recebi a mesma energia dele do que dos mortos com quem falo. — disse ela com um longo suspiro. — Foi inquietante para dizer o mínimo.

— Vou pegar um chá de camomila para nós — disse Fiona.

— Bem — Melanie zombou —, o Sr. Lourdes certamente está vivo.

— Talvez ele seja como seu avô — disse Ruby. — Todas sabemos que há uma multidão de mortos por aí que podem interagir com pessoas como nós.

— Senhor Lourdes não é um fantasma — retrucou Melanie. — Ele tem que abrir portas antes de passar por elas. O vovô apenas passa pelas fechadas como se elas nem estivessem lá.

A menina ficou pensando por um minuto. — E o Sr. Lourdes viaja. O vovô não pode se afastar muito mais do local no pátio onde morreu além de ir até a cozinha em casa ou a oficina na garagem. — Ela limpou uma lágrima da bochecha. — E temos que ir ao pomar para visitar mamãe e papai, porque eles também não podem deixar o local onde morreram.

— Isso é verdade, querida — disse Ruby —, mas tenho certeza de que há alguma explicação. Kelly sabe do que está falando quando se trata de mortos.

NO ASFALTO AO LONGO DE BLACK BAYOU, UMA FIGURA ESTAVA na escuridão. A lua brilhante acima da água não projetava sombra.

— Eu vou pôr um fim nos seus tipos ruins — disse a voz antes que o corpo se virasse para encarar o espaço vazio onde a Ilha Rubidoux estivera. — Eu só gostaria de ter sido aquele quem acabou com os seus também, mas vocês se mataram antes que eu tivesse a chance.

Os olhos brilharam em verde ao luar quando a figura escura virou-se para seguir em direção ao pântano silencioso e arborizado. — Não faz diferença. Vou me vingar do sofrimento que as bruxas deste maldito lago causaram ao longo dos séculos. Todos estarão em um só lugar ao mesmo tempo, e eu poderei finalmente pôr um fim a todos eles. Eu esperei muito tempo. Está na hora de acabar com isso.

7

Fiona levou o laptop para a mesa junto com o bule de chá.

— Quero mostrar o que encontrei enquanto pesquisava — disse Fiona enquanto enchia suas melhores xícaras de porcelana com chá e as colocava em pires iguais. — Você se lembra daquela velha novela dos anos sessenta chamada "Sombras da Noite"?

— É de antes do meu tempo — disse Kelly com uma risada —, mas eu vi o filme com o Johnny Depp.

Ruby bufou. — Johnathan Frid — disse ela com um sibilo —, deve ter rolado em seu túmulo ao ver o que aquele garoto fez com seu personagem naquela porcaria de filme.

— Eu não sabia que você tinha sido uma fã, tia Ruby — disse Fiona com um sorriso.

— Todas nós éramos. Você não se lembra de sua mãe trazendo você para assistir comigo depois que você saía da escola? — a mulher mais velha perguntou com um sorriso.

— Lembro-me de ir brincar na piscina enquanto mamãe assistia algo com você em casa.

Ruby tomou um gole de chá. — "Sombras da Noite" era uma das nossas favoritas — disse ela com um olhar distante —, mas certamente deixou o Conselho nervoso.

— Muito perto da verdade para ser confortável? — Fiona perguntou.

Ruby arqueou a sobrancelha fina como um lápis. — Algo assim — ela sussurrou. — Naquela época, havia todo tipo de boatos sobre quem estava fornecendo informações confidenciais e sensíveis aos escritores sobre nós e o que o Conselho faria quando pegassem o traidor.

— Mas não era para a série se passar em uma vila de pescadores na costa atlântica? — Kelly perguntou enquanto mexia o açúcar em seu chá.

— St. Elizabeth e Nova Orleans costumavam ser aldeias de pescadores — disse Ruby.

— E pode haver uma conexão — disse Fiona enquanto ligava o laptop e digitava. — Vejam isso.

Ela virou a máquina para que todas pudessem ver a tela. Dois homens estavam sentados junto com copos de licor nas mãos e decorações de Natal ao fundo. A legenda abaixo da foto dizia: "O ator de 'Sombras da Noite' Johnathan Frid, compartilha a alegria do natal com um dos escritores do programa, Mark Lord. Natal de 1969".

— Mas esse é o Sr. Lourdes — Melanie arquejou enquanto olhava para a tela.

— Você acha que o Marcus Lourdes, que escreve ficção sobre vampiros hoje, e esse Mark Lord, que escreveu uma novela sobre vampiros na década de 1960, são a mesma pessoa? — Kelly perguntou com os olhos arregalados.

Ruby estudou a tela. — Isso faria todo o sentido se Lourdes fosse um vampiro de verdade — disse ela com um suspiro. — Em "Sombras da Noite", Barnabas Collins tinha sido amaldiçoado pela bruxa francesa Angelique. — Ela tomou um momento para bebericar seu chá. — E aquela bruxa era uma Rubidoux, se eu já vi uma.

— E foi o que aconteceu com Gascon em "O Julgamento", — Melanie arfou. — Uma bruxa o amaldiçoou porque ele estava apaixonado por outra mulher, e quando ele se alimentou pela primeira vez, ele se tornou um vampiro para sempre e não pôde mais voltar ao normal.

— Parece bem familiar para mim — disse Kelly com um suspiro. — Quando foi que o Conselho proibiu as maldições de vampiros e lobisomens?

— Em algum momento do século XII ou XIII — Ruby disse com um encolher de ombros. — Por que?

— Então, é possível — Kelly pensou em voz alta —, que este Matthias Lourdes que aparece nos registros sobre o qual você nos contou possa ter sido amaldiçoado por uma bruxa Rubidoux algum tempo depois que as famílias migraram para o Lago e que ele tenha se tornado nosso Marcus Lourdes e o escritor de TV Mark Lord.

Ruby virou-se para Fiona. — Suponho que você tenha procurado mais informações sobre este Mark Lord?

— Segundo o Google — disse Fiona —, ele morreu em um acidente de avião nos Alpes suíços nos anos 70 ou em um acidente de carro na Itália. Eles não tinham certeza, mas, de qualquer maneira, ele não é mencionado em nenhum lugar depois disso.

— Como qualquer bom vampiro — disse Kelly —, ele sumiu.

— E reapareceu como o romancista Marcus Lourdes nos anos 90? — Fiona disse com um dar de ombros enquanto bebia seu chá.

— Se alguém do Conselho fez a mesma conexão que nós — disse Kelly —, estou surpresa que Julia não tenha chamado De LaCroix aqui para obter informações sobre Lourdes e essa tarde de autógrafos. Também não imagino que o filme tenha feito muitos amigos para ele no Conselho.

— Tenho certeza de que o Conselho viu as notícias — disse Fiona com um suspiro. — O publicitário de Lourdes anunciou em todos os jornais e revistas literárias por aí.

Todas olharam para cima com o aparecimento de faróis ofuscantes. Charlie e Rex entraram com carrancas sombrias em seus rostos bronzeados, e Fiona se levantou para pegar a cafeteira.

— Noite ocupada, rapazes? — ela perguntou enquanto enchia seus copos. — Como vocês podem ver — disse ela, acenando com a mão para os pôsteres e mesas cheias de livros, — Mel e eu também estivemos muito ocupadas.

— Sobre isso, Fi — Charlie disse e pegou sua xícara.

— O que foi? — ela perguntou com um calafrio percorrendo sua espinha ao ouvir o tom dele.

— Lourdes está morto, Fiona — Rex deixou escapar —, ou pelo menos achamos que ele está.

— O que? — Fiona gritou quando a cafeteira escorregou de seus dedos trêmulos e caiu no chão de ladrilhos.

— O que está acontecendo? — Kelly perguntou quando ela e Melanie correram para investigar.

— Marcus Lourdes foi atropelado por um carro e provavelmente está morto — disse Rex.

— O que aconteceu? — Melanie exigiu. — Ele está no hospital?

— Não — disse Rex —, a velha Bernice Watson disse que ele apareceu do nada na frente dela. Eu acho que ela bateu nele com aquele grande Cadillac dela e... — ele assobiou e usou o dedo indicador para imitar um corpo voando para dentro do lago — ele foi para a água.

— Agora ela — disse Charlie —, nós tivemos que enviar para o hospital, em estado de choque.

— E bota chocada nisso — acrescentou Rex. — Eu quase tomei um choque dela enquanto a levava para o carro e ela não parava de repetir sobre como ela acabara de atropelar seu novo melhor amigo, o Sr. Marcus Lourdes, que ela havia acabado de conhecer ele aqui na outra noite e como era para ela ajudar a preparar seu grande evento de autógrafos aqui na loja da Fiona.

— Ai, nossa senhora — Kelly disse com um suspiro quando os lábios de Melanie começaram a tremer.

— O Senhor Lourdes não pode estar morto — a menina murmurou, e lágrimas pesadas começaram a rolar por suas bochechas enquanto ela soluçava. — Ele estava aqui apenas algumas horas atrás — soluçou Melanie. — Ele nos trouxe mais livros para o próximo fim de semana.

Kelly colocou os braços em volta da adolescente chorando. — Vamos pegar sua bolsa, querida, e levar você e tia Ruby para casa.

— Eu preciso ficar aqui com tia Fiona — Melanie soluçou.

— Não se preocupe comigo, Mel — Fiona disse a ela —, eu vou ficar bem.

— Ok — ela choramingou, e Kelly a levou embora.

— Desculpe por ter chateado a menina, Fiona — Rex disse enquanto seus olhos seguiam Melanie —, mas nós pensamos que você deveria saber o que estava acontecendo com Lourdes. Ainda mais com esse grande evento que vocês estavam planejando e tal.

— Obrigada, rapazes — disse ela. — Eu realmente aprecio isso.

Rex bebeu o último gole do café como um homem entornando uma dose de uísque para tomar coragem. — É melhor irmos — disse ele a Charlie e se dirigiu para a porta.

Charlie esperou e pegou a mão de Fiona depois que seu parceiro e a família de Fiona deixaram o prédio. — Você vai ficar bem, Fi? Sei que você e a menina dedicaram muito trabalho a essa coisa maldita para deixar tudo ir para o inferno assim.

Fiona olhou nos olhos castanhos dele e forçou um sorriso. — Vai dar tudo certo — disse ela e se permitiu cair em seu abraço quente.

— Eu poderia voltar depois do meu turno e fazer companhia pra você — ele se aventurou com um sorriso esperançoso.

Ela ficou tentada, mas se afastou. — Eu vou ficar bem, Charlie — disse Fiona. — Talvez da próxima vez.

— Claro — Charlie disse com o sorriso caindo — da próxima vez. — Ele passou por ela e se juntou a Rex do lado de fora.

Fiona trancou a porta e acendeu a placa de neon que dizia que a loja estava fechada. Dentro do café vazio, tudo o que ela podia ver eram os pôsteres de Lourdes com o rosto sorrindo para ela.

— Você está realmente morto, Marcus — ela sussurrou no espaço vazio enquanto caminhava para uma das mesas e pegava um dos romances dele —, ou você é realmente um vampiro e esse é outro dos seus truques para desaparecer? Você voltará daqui a cinquenta anos com outra história... e outro nome?

Fiona bateu o livro de volta na pilha e começou a recolher a louça suja das mesas. Antes que ela pudesse se retirar para a noite, precisava limpar o vidro da cafeteira quebrada e esfregar o chão.

— Se você ia encenar sua morte e desaparecer — Fiona sibilou —, você poderia ter esperado até depois da maldita tarde de autógrafos.

Depois de limpar tudo, Fiona apagou as luzes e subiu as escadas correndo até o apartamento.

— Eu preciso de um copo de vinho — disse ela para si mesma e abriu a geladeira. Poppy arranhava e choramingava na porta da varanda. Ela supôs que precisaria levar ela para passear também.

Fiona se serviu de um copo de vinho branco, tirou seus sapatos confortáveis e abriu as portas da varanda. Poppy correu em busca de atenção. Melanie havia trocado todas as almofadas e, depois de acender uma vela de citronela para desencorajar os mosquitos, Fiona caiu na espreguiçadeira e levantou os pés. Poppy pulou nela e começou a lamber o rosto de Fiona.

— Calma, garota, eu vou levá-la para fazer xixi em um minuto.

Como se entendesse as palavras de Fiona, a cachorrinha pulou para o chão, foi para o canto da sacada, agachou-se e urinou.

— Obrigada por não fazer isso nos móveis — disse Fiona a ela enquanto tomava um gole de vinho.

Ela não tinha percebido o quanto estava ansiosa pelo evento de autógrafos e não apenas pelo dinheiro extra que ele prometia trazer. Ela estava ansiosa para ver a loja cheia de clientes, ouvir a banda de Dixieland que ela tinha contratado para a ocasião, e aproveitar o dia de diversão tumultuada que ela imaginara que seria.

Fiona começou a repassar mentalmente todos para quem ela precisava ligar. Ela precisaria cancelar a banda e o food truck de churrasco que havia arranjado, ligar para o padre Jim e dizer a ele que ela não precisaria do estacionamento de St. Agnes, afinal, e cancelar as mesas e cadeiras extras que havia pedido da loja de aluguel local. Ela deixaria o Sr. Bascombe lidar com os jornais. Fiona fechou os olhos. Ela não estava ansiosa para a ligação para Bascombe que precisaria fazer pela manhã.

A lembrança de uma festa de aniversário que ela planejara quando tinha dez anos veio à mente. Fiona passara semanas planejando, fizera e entregara convites para seus colegas de classe, passara horas decorando o quintal e apenas três pessoas se deram ao trabalho de aparecer.

Ela ficara arrasada e seu pai rira dela por pensar que ela era mais do que era. Fiona se recusara a comemorar outro aniversário depois disso.

— Talvez isso fosse ser o mesmo que aquela festa de aniversário estúpida, e eu esperava que isso fosse ser mais do que jamais seria — ela murmurou e engoliu mais vinho.

O ar da noite estava pesado com a umidade e cheirava a pântano. Fiona fechou os olhos e respirou fundo. Ela sentiu o cheiro de jasmim, madressilva e mimosa. Ao longe, ela ouviu o zumbido dos motores de popa enquanto os barcos deslizavam pela baía em busca do corpo de Marcus Lourdes - um corpo que Fiona sabia que nunca encontrariam.

Ela colocou a taça de vinho vazia sobre a mesa, jogou uma manta sobre o corpo e deixou o som dos sapos a ninar até adormecer.

O toque do celular despertou Fiona antes que o sol nascesse. Ela jogou para o lado a manta e procurou no bolso pelo telefone. Poppy pulou em seu colo.

— Eu vou te derrubar em um minuto — disse Fiona à cachorrinha.

Fiona suspirou quando leu o nome do Sr. Bascombe na tela e clicou no botão para atender a ligação.

— Senhora Dubois — disse o publicitário em sua voz aguda —, aqui é o Bascombe.

— Bom dia, Sr. Bascombe — respondeu Fiona com uma voz grogue e enxugou os olhos cansados. Um leve brilho laranja iluminava o horizonte através de pesadas nuvens roxas, que prometiam chuva.

— Que notícias você tem do nosso pobre senhor Lourdes? — ele perguntou.

Fiona se perguntou quem já teria entrado em contato com Nova York. — Apenas o que a polícia local me disse ontem à noite — disse ela —, que ele foi atropelado por um carro e jogado no lago. Eles tinham barcos na água procurando por ele quando fui dormir na noite passada.

Ela se levantou e entrou com Poppy nos calcanhares. — O que você ouviu?

— O mesmo — respondeu Bascombe —, mas agora eles estão dizendo que ele foi arrastado por uma das suas horríveis bestas reptilianas.

Minhas horríveis bestas reptilianas? Fiona encheu o bule e o colocou no fogão antes de colocar algumas rações no prato vazio de Poppy. — Eles acham que ele foi levado por um jacaré? — Ela ligou o fogo. — Por que eles pensariam isso?

Fiona ouviu o homem soluçar. — Parece que eles encontraram roupas ensanguentadas que identificaram como pertencentes a Marcus — disse Bascombe —, e irão encerrar as buscas se não o encontrarem nas próximas vinte e quatro horas.

— Nossa — disse Fiona. — Suponho que é melhor começarmos a cancelar tudo para o evento.

— Mas é por isso mesmo que eu liguei — soluçou Bascombe —, os sanguessugas da editora não querem cancelar nada.

A boca de Fiona se abriu em choque. — Mas não dá para se ter uma tarde de autógrafos de um autor quando não há autor.

— Os bastardos gananciosos querem transformar o evento em um memorial ou algo parecido — disse Bascombe.

— Um memorial realizado em uma livraria?

Bascombe riu. — Marcus teria adorado isso.

— Talvez em uma grande loja em Nova York — disse Fiona —, ou mesmo em Nova Orleans, mas certamente não aqui na pequena St. Elizabeth.

— Marcus teria achado perfeito — disse Bascombe. — Ele amava essa cidadezinha. Você sabia que ele ambientou seu primeiro romance aí - aquele que eles transformaram em "O Julgamento"? —

— Eu não tinha ideia — disse Fiona. — Como se chama o livro? Ele me trouxe parte de seu trabalho publicado independentemente para colocar na loja.

— Espere — ele disse —, acho que tenho aqui em algum lugar. — Fiona ouviu Bascombe andando do outro lado da linha. — Oh, sim, aqui está. Ele chamou de "O Presente da Décima Segunda Noite". Você deveria ler, Sra. DuBois. É realmente muito bom.

— Por que a editora quis mudar isso? — ela perguntou e voltou ao fogão para derramar água quente sobre um saco de chá Red Zinger.

— Eles pensaram que o livro venderia melhor se fosse ambientado em um local mais familiar como Nova Orleans — disse Bascombe —, e pareciam pensar que as pessoas não se interessariam por uma história em que um mago trouxesse uma ilha para fora de um lago para construir a casa de sua família lá.

A boca de Fiona se abriu e a xícara quase deslizou de seus dedos. Isso era exatamente o que havia acontecido em Black Bayou. Ela precisava ler esse livro.

— Parece boa ficção para mim — foi tudo o que Fiona conseguiu pensar em responder.

— Então eu tenho certeza de que você gostará do livro — disse Bascombe —, e eu ligo para você mais tarde com mais detalhes do memorial de nosso querido Sr. Lourdes.

— E farei o mesmo assim que ouvir notícias aqui sobre sua recuperação do lago.

— Ah, sim, por favor — disse ele antes de desligar.

Fiona caiu em sua cadeira e tomou um longo gole do chá forte. — Acho que vou precisar de mais do que apenas cafeína hoje — disse ela para si mesma, enquanto um raio brilhava e o primeiro trovão soava sobre o lago.

— Vamos, Poppy, é melhor eu levá-la para passear antes que o mundo comece a cair. — Fiona desceu as escadas correndo com a cachorrinha logo atrás.

O telefone tocou novamente e Fiona não reconheceu o número na tela. — Fiona DuBois — respondeu ela enquanto saía com a cachorrinha —, como posso ajudá-lo?

— Senhora DuBois — disse uma voz masculina profunda —, aqui é Allan Davis, da Editora Hardscape.

— Sim? — ela disse, reconhecendo o nome da editora de Lourdes em Nova York.

— Eu sou, ou melhor, eu era o editor do Sr. Lourdes, e estou imaginando se você poderia fazer um favor para nós aqui da Hardscape.

— Que tipo de favor? — Fiona perguntou com a testa franzida em confusão. O que mais sua editora poderia querer com ela?

— Pagamos ao Sr. Lourdes uma quantia adiantada bastante grande pelo manuscrito que deveria ser entregue hoje — disse Davis —, e fiquei pensando se você poderia ir à casa dele e pegá-lo para nós.

A boca de Fiona se abriu. — Eu não tenho ideia de onde fica a residência do Sr. Lourdes — disse ela enquanto observava Poppy correndo pelo estacionamento.

— Ah, qual é, Sra. DuBois — o homem repreendeu. — Você está tentando me dizer que não sabe onde está localizada a casa do cidadão mais importante da sua pequena Hicksville?

Hicksville, é? — É exatamente o que estou tentando lhe dizer, Sr. Davis — respondeu Fiona com uma voz calma. — Independentemente do que você possa imaginar, as pessoas ao sul da cidade de Nova York não estão todas familiarizadas umas com as outras e se visitando regularmente. A maioria aprecia sua privacidade. É por isso que eles escolhem não morar na cidade.

— Entendo — ele disse e pigarreou. — E quanto a prefeitura? Eles não teriam registros da casa de Lourdes lá?

— E por que eles me dariam essa informação, Sr. Davis? Eu não sou da família. Não é da minha conta.

— Tenho certeza — disse ele em um tom condescendente —, de que a pequena prefeitura aí em Hicksville compartilharia qualquer informação sobre a residência de Lourdes, se você perguntasse.

— Não — Fiona retrucou —, eles não compartilhariam. Isso volta ao que mencionei sobre nós aqui em Hicksville, nós valorizamos nossa privacidade. Eu não posso ajudá-lo, Sr. Davis — ela disse e desligou. Ela chamou Poppy, e a cachorrinha a seguiu de volta para o prédio.

Alguns minutos depois de rever as palavras do homem em sua cabeça, Fiona bloqueou o número dele.

Ela terminou o chá, tomou banho e se vestiu para o dia usando jeans confortáveis, uma blusa laranja brilhante e um cardigã preto com bolsos profundos. Ela tinha a sensação de que esse seria um longo dia.

8

As primeiras gotas de chuva grossas atingiram a janela antes das 6h30, enquanto Fiona pressionava o botão para ligar a máquina de café.

Poucos minutos depois, três veículos de patrulha paroquial estacionaram em frente à loja, rebocando barcos atrás deles. Ela abriu a porta e Charlie, Rex e o oficial de St. Martinsville, Earl, saíram correndo da chuva que caía em lençóis prateados.

— Estamos bem felizes que você esteja aberta, Fiona — disse Charlie. — Como você está indo esta manhã?

— Tudo bem, eu suponho — disse ela e encheu três xícaras. — Posso pegar mais alguma coisa para vocês?

— Se eu não estivesse tão cansado — Earl disse com uma piscadela —, eu poderia pensar em alguma coisa. — Ele apertou sua virilha embaixo da mesa. — Mas eu não acho que esse amiguinho esteja pronto para isso esta manhã.

Fiona ignorou o policial de boca suja e se dirigiu a Charlie. — Vocês não o encontraram?

— Aquele velho idiota já virou isca de jacaré — disse Earl enquanto colocava açúcar em seu café. — Algum monstro arrastou sua bunda para o fundo do lago e está amolecendo ele para um bom banquete mais tarde.

— Eu não imagino que eles o enviem para dar as más notícias às famílias, não é? — Fiona disse para seus dois amigos.

— Não — disse Earl com um sorriso —, e é assim que eu gosto.

— Eles encontraram uma jaqueta de tweed com o braço arrancado — disse Charlie —, e coberto de sangue. A carteira de Lourdes com sua identificação e cartões de crédito estava no bolso.

— Eles iam continuar a busca por mais um dia — acrescentou Rex —, mas com essa chuva eles decidiram parar e declará-lo morto em um acidente.

— Eu dificilmente diria que ser atropelado por uma motorista bêbada seja um acidente — Fiona ofegou.

— Você estava transando com aquele velhote ou algo assim, gostosa? — Earl perguntou com uma risada rude.

— E como isso seria da sua conta se eu estivesse? — Fiona exigiu enquanto dava um passo em direção ao homem com a cafeteira na mão.

Charlie se levantou e pegou o pote de Fiona. — Ignore-o, Fi — disse ele. — Earl é um idiota, e ele tomou muito café e não dormiu o suficiente.

— Então — ela disse, olhando para o policial de St. Martinsville —, ele é um babaca quando bebe, um babaca quando está sóbrio e um babaca quando está com sono. Parece que ele é sempre um babaca.

— Eu sou mesmo, senhora. — Earl levantou-se, enfiou a mão no bolso e jogou algumas notas de um sobre a mesa. — Eu não quis ofender. — Ele se virou e saiu do prédio.

Rex e Charlie começaram a rir. — Eu acho que nunca vi o velho Earl sendo posto no lugar dele por uma mulher antes — disse Rex e enxugou lágrimas de riso do rosto.

— Nem eu. — Charlie pegou a mão de Fiona. — Mas estou acabado, então acho que também vou indo.

Quando os oficiais saíram, Fiona limpou a mesa, lavou as xícaras e depois foi a uma das mesas de exibição empilhadas com os romances de Lourdes. Ela encontrou “O Presente da Décima Segunda Noite”, sentou-se em uma cadeira confortável e começou a ler.

A chuva forte mantinha as pessoas afastadas da loja, e Fiona tinha tempo de sobra para se perder no romance. Bascombe estava certo. O livro havia sido muito bem escrito, com excelente desenvolvimento de personagens e o uso de todos os cinco sentidos para descrever as cenas.

Fiona viu o castelo de pedra na ilha Rubidoux quando ele falou sobre o mago perverso e sua família, sentiu o ar estagnado sobre o lago quando ele falou sobre a brisa soprando e ouviu as ondas espirrando nas costas rochosas da ilha. Sua descrição das roupas de época fez Fiona ter certeza de que o homem havia vivido naquela época e não apenas a imaginado a partir de pesquisas que havia feito.

Seu telefone tocou em torno de três da tarde, e Fiona sentiu uma pontada de culpa quando viu o nome de Ruby na tela. Ela deveria ter ligado para ver como Melanie estava mais cedo.

— Ei, tia Ruby — disse Fiona —, como está nossa garota?

— Ela está bem — disse Ruby. — Uma adolescente típica, embora tenha tido um surto de choro ao ouvir no rádio que eles cancelaram a busca e declararam o homem morto.

— Eu ouvi. Charlie e Rex vieram mais cedo trazer as notícias.

— Eles não costumam procurar um sobrevivente por pelo menos setenta e duas horas? — Ruby perguntou.

— Eles encontraram uma jaqueta ensanguentada no pântano com a carteira de Lourdes. Eles acham que um jacaré o pegou.

Ruby bufou. — Parece uma boa maneira de um vampiro que já passou da sua hora desaparecer.

Fiona olhou para o livro no colo. — Estou começando a pensar que você está certa, tia Ruby.

Houve um estrondo alto de trovão, e as luzes piscaram e depois se apagaram, enviando o edifício para a escuridão.

— A luz acabou aqui — disse Fiona. — Acho que terminei de ler por hoje.

— Devemos estar em uma rede diferente aqui — disse Ruby. — Nós ainda temos energia... — Ela fez uma pausa, e Fiona pensou que ela poderia estar bebendo chá. — O que você está lendo, querida? Um dia como hoje não é bom para muito mais do que isso.

— É um dos romances publicados independentemente de Lourdes — disse Fiona. — É chamado "O Presente da Décima Segunda Noite" e é muito bom. Eu acho que pode ser a resposta para todas as nossas perguntas sobre o senhor Lourdes.

— Acho que Melanie trouxe um desses para casa em sua mochila com outros três — disse Ruby. — Espero que não tenha problema.

Fiona sorriu. — Livros gratuitos são uma das vantagens do trabalho quando você trabalha na livraria de sua tia — disse ela. — Leia o livro, tia Ruby. Deveria ser a história original por trás de "O Julgamento" antes que a editora fizesse Lourdes mudar tudo.

— O fez mudar o que?

— Ah, não muito — disse Fiona em um tom sarcástico —, apenas o nome, a localização e o período de tempo de toda a maldita história.

— Nossa — disse Ruby —, eu não sabia que eles podiam fazer isso.

— Quando eles estão pagando muito dinheiro a um autor — disse Fiona —, acho que eles podem fazê-lo mudar qualquer coisa que achem que ajudará o livro a vender mais.

— Suponho que isso faça sentido. Julia está lendo um chamado "Tons da Noite" —Ruby acrescentou com uma risada suave. — É sobre um jovem que é amaldiçoado com a maldição de lobisomem por uma jovem bruxa bonita, mas má.

— Uau — disse Fiona. — Definitivamente vou ler esse depois.

Fiona ligou para a empresa de eletricidade e caiu em uma gravação dizendo que um transformador havia sido atingido por um raio e que ficariam várias horas sem energia. Ela encontrou uma velha placa de plástico dizendo Fechado em uma gaveta e a colou na porta. Não fazia muito sentido ficar aberta quando o prédio estava escuro demais para ler e ela não podia fazer café. Ela pegou os jarros de creme das mesas e os guardou na geladeira escura. Ficaria frio lá dentro por várias horas, desde que ela mantivesse a porta fechada.

Ela colocou alguns doces em uma caixa, levou-os pela chuva úmida até o seu carro e dirigiu até Shady Rest.

— Eu pensei que vocês poderiam desfrutar de um pequeno lanche — disse ela e deixou cair a caixa de papelão branca sobre a mesa. — Como está o velhote hoje?

Gina revirou os olhos. — Ele não gosta de tempestades — disse a enfermeira —, e com o prédio sem luz, ele não pode assistir a filmes de faroeste na televisão.

— Ele nunca gostou, e eu imaginei que ele poderia estar causando problemas — disse Fiona e caminhou pelo corredor escuro em direção ao quarto de seu pai com uma bolsa na mão.

— Ei, papai — disse ela quando entrou. O velho estava sentado em sua cadeira de rodas, olhando para a tela escura da televisão.

Arthur Carlisle virou a cabeça para encará-la sem reconhecimento nos olhos. — Você está aqui para consertar minha televisão? Está apagada novamente.

— É a chuva, papai. A companhia de energia disse que um raio atingiu um transformador e é provável que fique fora do ar por mais algumas horas.

— Isso é besteira — sussurrou o pai —, minha luz ainda está funcionando. Ele apontou para a luz brilhante em sua mesa de cabeceira.

— Essa é a luz que eu trouxe para você usar em momentos como esse, papai. É alimentada por bateria, não eletricidade.

Fiona pegou uma caixa branca menor e uma garrafa térmica da sacola. — Trouxe um pouco do bolo de coco que você gosta e um pouco de café fresco.

O rosto do velho se iluminou. — Coco?

— Assim como mamãe costumava fazer para você.

Ele olhou para Fiona quando ela abriu a garrafa térmica e a entregou a ele. Ele a alcançou com a mão trêmula, o rosto contorcido de confusão enraizada na demência. — Fiona? Você está aqui para consertar minha televisão? Está apagada novamente.

— Vai voltar daqui a pouco, papai. — Fiona pegou o pedaço de bolo da caixa e adicionou uma colher de plástico ao prato de papel. — Aqui está o seu bolo — disse ela e pegou alguns envelopes para abrir espaço na pequena mesa rolante ajustada a uma altura para ser colocada sobre o colo dele.

Ela rolou a mesa para o lugar na frente do velho. O pai colocou a garrafa sobre ela, pegou a colher e começou a comer a fatia de bolo. — Minha esposa costumava fazer bolo assim — disse ele com a boca cheia.

— Eu sei, papai — sussurrou Fiona. — Eu sei.

Enquanto o pai apreciava o bolo, Fiona estudou os envelopes na mão. Ela ficou surpresa ao ver que eles eram do banco. Quando ela espiou um, ficou ainda mais surpresa ao ver um Fundo Insuficiente vermelho brilhante estampado no papel. No que ele havia se metido agora? Ela abriu o envelope para ver qual cheque havia sido devolvido. Havia sido escrito para St. Agnes no valor de quinhentos dólares.

— O que é isso do banco, papai? — Fiona exigiu.

— O quê? — Ele se virou para encarar Fiona com a correspondência na mão. — O que você está fazendo se metendo nos meus assuntos pessoais, garota? — Ele pegou os envelopes. — Esses são meus, e você não tem nada que bisbilhotar nas minhas coisas.

— Onde você conseguiu um talão de cheques, papai? Eu cuido das suas contas agora.

— Margo trouxe para mim de casa — disse ele com uma voz mansa. — Margo cuida bem de mim.

— Você também escreveu cheques para Margo?

Fiona passou a mão pelos cabelos em frustração. Será que a mulher estivera se aproveitando do pai?

— Eu pago a Margo todo mês por cuidar de mim — disse ele, enquanto enfiava o último pedaço de bolo na boca e limpava a cobertura do prato com o dedo.

— Margo não cuida mais de você, papai — disse Fiona com um suspiro. — As pessoas aqui em Shady Rest cuidam de você agora, e nós pagamos a *elas* ... não a Margo.

— Isso é outra mentira — seu pai cuspiu. — Margo vem todos os dias e cuida de mim. — Ele balançou sua cabeça. — Eles não cuidam de mim aqui.

— Por que você enviou um cheque à St. Agnes de quinhentos dólares, papai? Você não frequenta mais a igreja.

Ele olhou para ela da cadeira com os olhos arregalados. — Para o padre Jim orar pela alma da minha pobre esposa má — disse ele —, e pela minha.

— Mamãe não precisa de orações de um padre católico por sua alma, papai. A alma dela está ótima.

— Ela está queimando no fogo do inferno, porque ela era uma DuBois perversa e se associava ao mal.

O sangue de Fiona começou a ferver. — Mamãe parou de se associar com a família depois que se casou com você, papai. Ela foi à sua maldita igreja e recitou suas malditas orações de joelhos. Ela renunciou ao nosso direito de primogenitura por você, papai. Você não precisa pagar a um padre quinhentos dólares para orar por sua alma.

— Aquela vadia DuBois nunca desistiu das suas coisas de bruxa — disse Arthur. — Eu a ouvia lá atrás, onde ela montou aquele pequeno altar para a Deusa dela. Ela murmurava suas maldições e feitiços quando pensava que eu estava dormindo. Eu via o mal nela. — Ele apontou o dedo para Fiona. — Assim como eu sempre vi em você. Você é DuBois e Rubidoux, não se esqueça.

Fiona revirou os olhos. — Como eu poderia esquecer, papai?

— Onde está seu marido, Fiona? Por que ele não está aqui com você?

— Não sou mais casada com Elliot, papai. Me divorciei do filho da mãe dois anos atrás depois que o peguei na minha cama com outra mulher. Ele é casado com essa mulher agora.

Arthur balançou a cabeça branca. — Elliot era um homem bom e temente a Deus. Ele queria filhos. Você sabia disso, Fiona? Ele chorou quando me contou como você se recusou a dar-lhe filhos.

— Eu não recusei nada a ele — disse Fiona, tentando controlar o humor. — Nasci com trompas ruins e não conseguia conceber crianças. Eu fiz cirurgias, mas elas nunca conseguiram consertar.

Arthur deu de ombros. — Provavelmente, a maneira de Deus de impedir que mais maldade se infiltre neste mundo.

— Então talvez ele devesse ter estragado as trompas da avó Carlisle. — Fiona jogou os envelopes de volta na mesa do pai. — Eu tenho que ir, papai. Espero que você tenha gostado do bolo.

— Bolo? — Ele levantou a cabeça para olhar novamente para a tela preta, pegou o controle remoto e começou a pressionar os botões. — Gostaria que alguém viesse consertar essa maldita televisão. Está apagada novamente.

Fiona pegou a sacola e jogou-a junto com a caixa branca no lixo. Ela parou na mesa da recepção. — Meu pai diz que Margo vem vindo para ajudá-lo. Isso é verdade?

O rosto de Gina empalideceu com a pergunta. — A senhorita... uh... A senhorita Margo passa aqui na hora do jantar quase todos os dias — ela gaguejou. — Se ela não viesse, seu pai não comeria. — Gina sorriu. — Ele diz que estamos tentando envenená-lo.

Fiona se perguntou quanto custaria a ela realmente fazer isso acontecer.

— Entendo — disse Fiona. — Obrigada.

Fiona se perguntou o que estava acontecendo. A mulher

vinha todos os dias para ajudar seu pai pela bondade de seu coração, ou estava fazendo isso por uma bonificação mensal?

Quando Arthur havia sido internado em Shady Rest, Fiona recebera uma procuração de seus assuntos financeiros. Talvez estivesse na hora de ela ir ao banco e conversar com alguém lá para assumir o controle da conta corrente do velho. Ela também deveria ir a St. Agnes e conversar com o padre Jim.

Por um acaso, ela não precisou fazer uma viagem à igreja. Fiona encontrou o padre católico no saguão de Shady Rest quando estava saindo.

— Olá, Fiona — disse o padre Jim com um sorriso brilhante no cândido rosto irlandês. — Está aqui para ver seu pai?

— Eu estava — ela disse enquanto apertava a mão que o padre oferecera. — Ele fica chateado durante tempestades.

— Como muitos de meus paroquianos que moram aqui — disse ele com um suspiro. — Eu tento vir e visitar em dias como este.

A chuva havia parado, mas nuvens escuras e pesadas continuavam a rolar e trovões retumbavam ao longe.

— Suponho que seu grande evento será cancelado com o desaparecimento daquele pobre homem no lago. — O padre Jim levantou uma espessa sobrancelha vermelha.

Fiona assentiu. — Eu esperava que sim, mas a editora pode querer seguir em frente de outra maneira.

— Ah é? — perguntou o padre.

— Eles podem querer mudar para um evento em memória de Lourdes.

— Na mesma data?

Fiona deu de ombros. — Ainda não sei. Eles estão esperando notícias sobre a descoberta do corpo dele.

— Sim, claro. Você me avisa?

— Assim que a editora em Nova York me disser o que planeja fazer. — Fiona foi para o lado para passar pelo homem de terno preto e colarinho do clero.

Ele a parou com uma mão no ombro dela. — Não vejo você

na missa há algum tempo, Fiona. Quando foi sua última confissão?

Fiona engoliu em seco antes de responder. — A Igreja realmente não é para mim, padre.

— Então você fez como seu pai sempre temeu e se juntou aos DuBois e seu círculo profano?

— Você viveu aqui a vida toda, padre — suspirou Fiona. — Você sabe que os DuBois não são como os Rubidoux.

— A Bíblia nos diz para não deixar uma bruxa viver entre nós.

— E, no entanto, você mora em uma cidade fundada e povoada por bruxas.

A boca do padre se abriu. — Você admitiria que pertence a um clã de blasfemadores que adoram Satanás?

— Nós praticamos uma religião mais antiga que o cristianismo e adoramos uma Deusa — respondeu Fiona com um sorriso. — São vocês os cristãos que deram um nome ao mal e invocam seu poder toda vez que o pronunciam.

Padre Jim se cruzou e olhou para Fiona. — Não me fale sobre invocar o mal, bruxa — ele sibilou. — Eu pensei que nós tivéssemos te ensinado melhor do que isso em St. Agnes.

— Não — ela disse com uma piscadela e passou pelo homem boquiaberto. — Eu acho que suas freiras não bateram nas minhas mãos com suas réguas o suficiente, no final das contas. — Ela se virou então. — E não espere mais cheques de Arthur. Acabei de tirar o talão de cheques dele.

Fiona não pôde evitar e riu todo o caminho até em casa.

9

Um novo rolo de pôsteres e várias caixas de livros chegaram na semana seguinte.

Julia trouxe Melanie de volta, e a garota ajudou Fiona a trocar todos os pôsteres e estocar as prateleiras.

— Eu ainda não consigo acreditar que ele está morto — disse a garota enquanto segurava Poppy nos braços e encarava o rosto sorridente de Lourdes no novo pôster. Era o mesmo pôster, mas com a adição de uma faixa preta que dizia "Em memória de nosso amigo" e a nova data do evento. — Ele era um velho tão legal e um escritor tão bom.

— Você leu "O Presente da Décima Segunda Noite?" — Fiona perguntou.

— É tão bom — a menina suspirou. — Teria dado um filme muito melhor do que "O Julgamento". — Ela começou a colar o pôster na janela da porta. — Você já leu "Tons da Noite"?

— Estou lendo agora.

— O Pierre não é gostoso? — a adolescente perguntou. — Eu nem me importo que ele seja gay.

Fiona franziu a testa e sorriu. — Um lobisomem gay?

— Ele nem sempre foi um lobisomem, tia Fiona. Uma bruxa lançou um feitiço sobre ele quando descobriu que ele estava apaixonado por seu melhor amigo - outro cara. — Ela arrancou um pedaço de fita adesiva e a colou nos cantos do cartaz. — Era para ele ter se casado com ela — continuou Melanie. — Uma daquelas coisas de casamento arranjado de antigamente, sabe?

— Eu vou saber bem se você continuar contando a história antes que eu possa lê-la — repreendeu Fiona.

— Ah, é. Desculpe tia Fi. — As bochechas de Melanie ficaram rosadas de vergonha.

— Eu estava pensando em pedir uma pizza para o jantar. O que você acha?

A adolescente esbelta colocou a cachorrinha que se contorcia no chão e sorriu. — Havaiana com queijo extra e abacaxi extra — ela implorou.

— Pode deixar. — Fiona pegou o telefone do bolso e percorreu os contatos para encontrar o que estava salvo para pizza.

O dia tinha sido lento, com apenas algumas pessoas parando para verificar como as coisas haviam mudado para o grande evento. Fiona não havia nem imaginado quantas pessoas na cidade estavam investidas no evento. Os donos das lojas haviam planejado vendas especiais para a multidão prevista de fora da cidade, os restaurantes planejavam menus especiais com base nas refeições dos livros de Lourdes para o dia, e o cinema havia reservado "O Julgamento" para o fim de semana.

Surpreendeu Fiona o fato de tantas outras empresas em St. Elizabeth dependerem tanto de seu evento quanto ela. Ela explicou as mudanças e que eles ainda estavam prevendo uma grande participação no evento. Bascombe enviara uma nota manuscrita dizendo a Fiona para onde ele havia enviado informações sobre o tributo em homenagem a Lourdes. A lista era extensa e incluía conglomerados de notícias nacionais, jornais literários e jornais da área. Ele dissera a ela para esperar uma multidão e muitas flores.

— Só mais alguns dias, tia Fiona — disse Melanie enquanto se preparavam para dormir naquela noite.

— Eu sei — suspirou Fiona —, e mal posso esperar para que as coisas voltem ao normal.

— Voltem a ser chatas, você quer dizer — disse Melanie com uma risadinha.

Elas estavam sentadas juntas na varanda, aproveitando a noite tranquila de julho, quando o som do vidro quebrando as colocou de pé. Poppy correu para o parapeito e começou a latir.

— Que raios foi isso? — Fiona engasgou e foi até o parapeito no lado da varanda mais próximo da frente do prédio. Ela ficou de pé sobre a cachorra latindo e esticou o pescoço.

Melanie abriu as portas francesas e enfiou a cabeça no apartamento. — Está vindo lá de baixo, tia Fiona — disse a garota em um sussurro frenético.

Fiona entrou correndo e ouviu os sons de vidro quebrando e madeira lascando na loja abaixo. — Ligue para a polícia — ela disse a Melanie. — Diga a eles que estamos sendo roubadas.

Enquanto a garota digitava os números e falava com o operador, Fiona correu pelo apartamento e abriu a porta da escada. Ela ouviu o riso dos homens e estrondo após estrondo de coisas sendo jogadas no chão.

Fiona desceu a escada escura e abriu a porta. Ela espiou para dentro e viu Hector e seus dois capangas sob o brilho das luzes da noite, jogando livros pelo chão.

Sem pensar duas vezes, Fiona abriu a porta e caminhou em meio ao massacre. — O que diabos vocês pensam que estão fazendo? — ela exigiu. O cheiro de tinta spray enchia a sala e fez os olhos de Fiona lacrimejarem.

Hector deu um passo em direção a Fiona com um sorriso largo no rosto. — Apenas mostrando o que vai acontecer se você não pagar sua dívida com o cassino, senhora Clegg.

— Eu não devo nada ao seu cassino — cuspiu Fiona. — Meu advogado levou esse pedaço de papel a um especialista. Essa não é a minha assinatura, e ele pode provar. Ele também recebeu uma ordem judicial para as fitas de segurança daquele cassino, para provar que eu nunca pisei lá com Elliot na data em que aquela coisa deveria ter sido assinada por mim.

— Você deve considerar isso seriamente, senhora Clegg. — Hector abriu as calças e urinou sobre uma pilha dos livros de Lourdes. — Lutas judiciais com advogados e testemunhas especiais, como especialistas em caligrafia, podem ser muito mais caras do que simplesmente pagar sua dívida. — Ele fechou as calças e riu. — Sem mencionar as perdas contínuas de pequenas visitas como esta.

— Sirenes, chefe — disse um dos capangas e se dirigiu para a porta de vidro quebrada.

— Pague sua dívida, senhora Clegg, ou você verá eu e meus associados novamente. — Ele chutou para o lado uma pilha de livros e seguiu os outros dois homens pela porta.

Fiona tropeçou pelo caos e acendeu as luzes. Seu coração afundou quando viu a ruína ao seu redor. As mesas haviam sido viradas e esmagadas, as cadeiras de madeira quebradas, as cadeiras estofadas cortadas e o estofamento retirado. Xícaras e pires haviam sido quebrados e sua cafeteira destruída. A vitrine de doces estava em pedaços e a comida jogada pela sala.

— Ah não — Melanie chorou quando desceu as escadas com Poppy nos braços e entrou no quarto. Ela se inclinou para pegar um livro, mas o deixou cair. — Alguém fez xixi nisso — disse ela com o lábio franzido de nojo.

Um veículo da polícia com luzes piscando parou na frente e logo Charlie e Rex passaram pela porta com as armas apontadas.

— O que diabos aconteceu aqui, Fiona? — Charlie perguntou enquanto olhava para os móveis quebrados.

— Foram aqueles filhos da mãe da Recuperação de Portfólio Nativo — disse Fiona enquanto pegava a moldura quebrada de uma pintura do chão. — Aquele Hector disse que voltaria se eu não lhes pagasse os cento e vinte e cinco mil dólares que eles dizem que devo a eles.

— Isso é besteira — rugiu Rex. — Eles não podem simplesmente entrar e vandalizar um negócio desse jeito.

— Veja o que eles fizeram aqui atrás — chamou Melanie, e Fiona, juntamente com os dois policiais, caminhou pela ruína até a seção infantil da livraria.

Melanie estava de pé, segurando na mão um bicho de pelúcia que havia sido cortado e o recheio retirado, encarando as paredes.

Linhas de tinta spray preta estragavam os belos murais de fadas, dragões e plantas. Fiona caiu em prantos e caiu de joelhos chorando. A seção infantil era sua joia da coroa na loja e agora estava destruída.

— Eu nunca vou conseguir consertar este lugar antes deste fim de semana — ela soluçou nos braços de Charlie. — Elliot e aqueles filhos da puta me arruinaram.

— Elliot Clegg fez parte disso? — Rex perguntou.

— É por causa da maldita dívida dele que eles estão atrás de mim — disse Fiona e bateu com o punho em uma prateleira virada.

Rex balançou a cabeça. — E você co-assinou uma nota para aquele idiota?

— Eu certamente não assinei — ela sibilou —, e um especialista em caligrafia acabou de provar isso. Eu imagino que foi a puta loira dele que assinou meu nome, e a cadela estúpida não conseguiu fazer nem isso direito.

— Isso é um crime — disse Charlie —, ela poderia se meter em muitos problemas por isso.

Fiona assoou o nariz em uma toalha de papel. — Eu acho que a única metida em que ela pensa é na que Elliot enfia entre suas malditas pernas.

Fiona ouviu Melanie rir. A garota estava pegando livros e os empilhando em uma mesa intacta.

— Vou procurar impressões digitais — Rex disse e virou-se para ir ao carro pegar seu kit —, então não toque em mais nada até que eu termine.

— E eu vou encontrar um pedaço de madeira para fechar a porta. — Charlie colocou o braço em volta do ombro de Fiona e a abraçou. — Vou tirar fotos dessa bagunça e fazer um relatório que você vai poder entregar à sua companhia de seguros.

— Você vai prender aqueles homens? — Melanie perguntou e sentou em um lugar vazio no chão.

Charlie encolheu os ombros largos. — Se pudermos identificá-los com impressões digitais.

— Eu vi aquele Hector — disse Fiona —, e ele deixou DNA em cima de uma pilha de livros lá na frente.

— Ecaaa — disse Melanie e limpou a mão na calça jeans com o rosto torcido de nojo —, foi ele quem fez xixi nos livros?

— Sim — Fiona suspirou —, e eu o vi fazer isso.

— Ecaaaa — disse Melanie novamente.

— Por que você não sobe e vai tomar um banho, Mel. Parece que eu vou ficar aqui por um bom tempo com Charlie e Rex. — Fiona respirou fundo enquanto olhava a devastação. — Vamos começar a limpar essa bagunça pela manhã.

— Você tem certeza, tia Fiona?

— Sim — ela suspirou —, vá para a cama. Eu vou subir assim que os rapazes terminarem o que têm que fazer aqui esta noite.

— Tudo bem — disse Melanie, enquanto chamava por Poppy e caminhava pelo caos. Ela se inclinou e beijou o topo da cabeça de sua tia. — Vamos limpar tudo isso amanhã, tia Fiona. Você vai ver.

Fiona pegou uma cópia do livro "The Boxcar Children" e a apertou contra o peito. Lágrimas brotaram em seus olhos e deslizaram por suas bochechas. Como elas conseguiriam limpar essa bagunça antes do fim de semana? Como ela iria substituir o equipamento quebrado e a mercadoria destruída antes do grande evento? Fiona olhou para os murais, levou os joelhos ao peito, apoiou o rosto neles e soluçou em desespero.

Charlie encontrou Fiona enrolada como uma bola, soluçando, depois que ele trancou a porta e escreveu seu relatório. Ele se ajoelhou ao lado da mulher, levantou-a nos braços e a abraçou.

— Vai ficar tudo bem, Fi — ele sussurrou em seus cabelos. — Você vai ver.

Fiona levantou a cabeça e encontrou os olhos dele. — Tudo o que vejo é ruína — ela soluçou. — Tudo pelo que trabalhei aqui está arruinado.

Charlie levantou a mulher trêmula. — Tudo vai parecer melhor de manhã depois que você tiver uma boa noite de sono, Fiona.

Fiona bufou e limpou o rosto no lenço que Charlie lhe entregou. — Por quê? Os elfos da livraria vão vir e consertar essa bagunça da noite para o dia?

O delegado andou com ela nos braços através dos escombros e subiu as escadas. Ele abriu a porta do apartamento de Fiona e caminhou com ela sob o brilho da lua até a cama onde Melanie já dormia, embrulhada em um cobertor leve. Poppy se levantou e começou a rosnar. Fiona silenciou a cachorrinha com uma palavra severa e ela pulou sobre Melanie para se aconchegar contra a barriga da menina.

Charlie riu enquanto olhava para a cachorrinha encarando ele do lado de Melanie. — Parece que você tem um cão de guarda para proteger vocês duas até eu voltar. Durma um pouco, Fi — disse ele, envolvendo-a nos braços e beijando-a suavemente nos lábios. — Volto quando sair do meu turno para ajudá-la a limpar lá embaixo. Onde estão suas chaves?

— No balcão ao lado do fogão — ela sussurrou enquanto pegava a mão dele. — Obrigada, Charlie. — Ela o beijou novamente. — Por tudo.

Charlie sorriu para ela. — Este lugar ficou legal, Fi — disse ele, olhando ao redor do apartamento aconchegante. — É a primeira vez que venho aqui desde que você arrumou tudo.

— Boa noite, Charlie — ela disse e caiu na cama, os olhos vermelhos e latejando pelas lágrimas.

— Noite, Fi — disse ele enquanto pegava as chaves dela. — Vou trancar tudo e trazê-las de volta pela manhã.

Charlie saiu do apartamento e Fiona se esticou na cama completamente vestida.

— Eu disse que ele queria te beijar — Melanie murmurou no escuro.

Fiona sorriu. — E eu te disse que ele já tinha.

— Nojento — Melanie murmurou. — Não tão nojento quanto o xixi nos livros, mas ainda nojento.

Fiona sorriu com as palavras da adolescente, fechou os olhos e ouviu os homens lá embaixo. Ela fez listas intermináveis de coisas que não sabia como iria resolver e adormeceu depois de ouvir os carros dos oficiais deixarem o estacionamento de cascalho.

10

Fiona acordou com o som de vozes em seu apartamento e o aroma de café.

Assustada, Fiona sentou-se e encontrou as portas francesas bem abertas e uma brisa com cheiro de mimosa flutuando para agitar as cortinas brancas. Ela deslizou para fora da cama e foi até a varanda. Kelly e Julia estavam sentadas com Ruby e Melanie nos móveis de vime com copos nas mãos.

— O que vocês estão fazendo aqui tão cedo? O sol ainda nem nasceu direito.

— Claro que nasceu — disse Julia enquanto se levantava. — Em algum lugar. — Ela apontou para uma cadeira vazia. — Sente-se enquanto eu pego uma xícara de café para você.

— Eu liguei para elas — disse Melanie de seu lugar no chão. — Espero que você não se importe.

Fiona virou-se para Ruby. — Eu deveria ter te ligado ontem à noite quando isso aconteceu, tia Ruby. — Ela passou a mão pelos cabelos emaranhados. — Eu entendo completamente se você quiser levá-la para casa, onde ela estará a salvo dos meus problemas.

Fiona ouviu um veículo entrar no estacionamento de cascalho, portas batendo e homens conversando.

— Quem mais está aqui? — ela perguntou, virando a cabeça para olhar por cima do parapeito preto da varanda.

Julia riu enquanto colocava uma caneca de café na mão de Fiona. — Quem não está aqui seria a melhor pergunta.

— O nome DuBois ainda carrega algum peso nesta cidade — disse Ruby —, e quando um de nós precisa, nos reunimos como uma família - até mesmo a família distante.

— Charlie ligou para muitas pessoas também — acrescentou Melanie. — Há um cara da vidraçaria lá embaixo, consertando a porta, e outro consertando a vitrine de doces.

— A senhorita Penny ia trazer novos hoje de qualquer maneira — disse Fiona e tomou um gole de café —, mas vou precisar de uma nova cafeteira.

— Sim — disse Kelly com um sorriso —, aqueles caras realmente arruinaram a lá de baixo.

Fiona ouviu uma serra elétrica cortando madeira. — Tem um carpinteiro também?

— Alguém tinha que reconstruir as mesas e as estantes de livros — disse Kelly —, e meu marido é muito bom com as mãos.

— E eu liguei para Raquel — disse Julia —, ela estará aqui mais tarde para arrumar as pinturas na área infantil.

Lágrimas de gratidão inundaram os olhos de Fiona. — Eu não sei nem o que dizer.

O celular de Fiona tocou com uma ligação.

— Vou pegar o seu telefone — disse Melanie e ficou de pé. — Provavelmente é o Sr. Bascombe novamente. Ele já ligou uma dúzia de vezes hoje de manhã.

— Bascombe? — Ruby perguntou com uma sobrancelha franzida.

— O publicitário de Lourdes de Nova York — disse Fiona, revirando os olhos. — O homem nunca consegue se lembrar da diferença de horário entre aqui e lá.

A mão de Ruby tremia quando ela pegou sua xícara. — Ai, nossa — ela murmurou em uma voz suave.

— É ele de novo — disse Melanie enquanto voltava para a varanda e entregava o telefone a Fiona.

Fiona apertou o botão para atender a ligação e colocou o telefone no ouvido. — Bom dia, Sr. Bascombe.

— Que bom que você finalmente atendeu, madame DuBois. Espero que nada esteja errado com você por aí.

Algo errado seria um eufemismo, mas Fiona não pretendia discutir seus problemas pessoais por telefone com Bascombe. — Fui dormir tarde — disse ela. — O que posso fazer por você esta manhã, Sr. Bascombe?

Ela ouviu Bascombe expirar teatralmente. — Não por mim, madame, mas pela Hardscape. Eles estão desesperados atrás da transcrição final do último manuscrito de Marcus, e você é a única pessoa em que posso pensar para ajudar.

— Eu já disse àquele tal de Davis insuportável que não sabia onde Lourdes morava, Sr. Bascombe.

— E você ainda não sabe?

Fiona olhou para a tia. — Eu posso ter uma ideia — ela admitiu.

— Ah, obrigado, senhora — disse Bascombe com outro suspiro longo. — Eu daria a você meu primogênito para tirar esse editor horrível do meu pé.

Fiona sorriu. — Isso não será necessário — disse ela. — Mas estou muito ocupada por aqui agora, me preparando para o memorial do senhor Lourdes.

— Eu imploro a você, Sra. DuBois, se houver qualquer maneira, por favor, dedique alguns minutos da sua agenda lotada para me salvar desta criatura deplorável e irritante — implorou Bascombe.

— Vou ver o que posso fazer — finalmente Fiona cedeu.

— Ai, obrigada, senhora. Davis estava tendo ataques porque você não estava atendendo às ligações dele.

— Eu bloqueei o número dele.

Bascombe riu. — Eu sabia que você era uma mulher inteligente, madame DuBois. Me avise se você encontrar o manuscrito perdido de Marcus. — Bascombe desligou.

Charlie, vestindo jeans e uma camiseta manchada de pó, juntou-se às mulheres na varanda. — Como está se sentindo, Fiona? — ele perguntou, então se inclinou e beijou o topo da cabeça dela.

Fiona olhou para cima e viu o rosto de Melanie se torcer em um sorriso enquanto ela dava uma cotovelada em Kelly e sussurrava algo em seu ouvido. Kelly sorriu e piscou para Fiona.

— Então, o que o Sr. Bascombe queria esta manhã? — Melanie perguntou. — Ele vai mandar mais pôsteres e livros para amanhã?

Fiona sorriu. — Acho que ainda temos muitos dos dois — disse ela e esvaziou sua xícara. — Ele quer que eu vá à casa de Lourdes e procure o manuscrito em que ele estava trabalhando.

— Você sabe onde Lourdes estava morando? — Charlie disse com uma sobrancelha levantada. — Nenhum de nós na delegacia conseguiu descobrir.

— Você sabe onde fica aquela velha casa de festas no pântano? — Ruby perguntou.

Os olhos de Charlie se arregalaram. — A casa assombrada dos lobisomens?

— Essa mesmo — disse Ruby. — É a antiga propriedade da família Lourdes de quando as famílias originais se mudaram do Canadá para cá.

Charlie assobiou. — Isso foi há muito tempo.

— Foi na mesma época que os DuBois, os Rubidoux e... outros — disse ela com uma inquietação que Fiona não conseguiu identificar.

— A família dele estava metida com as... uh... coisas de bruxa também? — Charlie perguntou sem se concentrar em nenhuma mulher em particular.

Melanie riu. — É melhor você tomar cuidado antes de perguntar essas coisas, Charlie. A gente aprende o feitiço pra transformar pessoas em sapos bem cedo no nosso treinamento.

Ele esvaziou sua xícara e pegou a de Fiona da mão dela. — Eu vou pegar mais café — disse ele e fugiu para o apartamento com o riso das mulheres seguindo-o.

— Não se preocupe, Charlie — disse Melanie atrás dele. — Tenho certeza de que tia Fiona o beijaria para quebrar o feitiço e te transformar de volta.

Ruby deu um tapa no joelho da neta. — Você é uma criança inconveniente.

Charlie voltou e entregou a Fiona uma xícara de café fresco. — Isso é verdade? — ele perguntou enquanto se ajoelhava ao lado da cadeira de Fiona. — Você me beijaria se eu fosse um sapo para quebrar um feitiço?

Fiona sorriu, tocou o rosto bonito e bronzeado do homem, inclinou-se sobre o braço de vime da cadeira e lhe deu um beijo nos lábios. Ela se afastou enquanto as outras mulheres soltavam oohs e ahhs. — Isso responde à sua pergunta?

Charlie levantou-se abruptamente com um sorriso de menino no rosto. — Parece que o trabalho no térreo está bem encaminhado — disse ele. — Que tal eu correr para casa e pegar meu barco. Podemos ir até aquela casa velha e ver o que podemos encontrar.

— Parece divertido — brincou Melanie.

Ruby agarrou a mão da jovem. — Você vai ficar aqui comigo, mocinha. Precisamos de alguém que sabe onde vai cada coisa para supervisionar.

— Ahh, vovó — Melanie choramingou, — vou perder toda a diversão.

Fiona tomou banho e se trocou enquanto Charlie ia pegar o barco. Ela, Julia e Kelly entraram no seu carro de polícia e desceram a rua ao longo da baía a leste da cidade. Ele diminuiu a velocidade perto do local onde havia apanhado Fiona na noite em que ela ouvira a pantera rugindo.

Charlie deu ré com o trailer do barco para fora da estrada até a água do pântano. — Esta era a estrada que costumava ir até a Casa Assombrada — disse ele —, mas está inundada desde que a ilha afundou, e duvido que ela algum dia vai secar novamente.

— Será que a casa também está inundada? — Kelly perguntou enquanto Charlie a ajudava a entrar no barco largo.

— Não necessariamente — disse ele —, a maioria desses lugares antigos foi construída em terrenos altos contra as enchentes.

— Isso faz sentido — disse ela e se sentou em uma posição confortável.

Charlie ligou o motor de popa. — Aqui vamos nós — disse ele, enquanto o barco deslizava através da água salobra por um espaço amplo e sem árvores que outrora fora uma estrada.

O musgo pendia dos galhos de altos ciprestes e tremulava na brisa quente de julho, como fantasmas voando pelos galhos. Uma garça azul gigante estava até os joelhos na água e os ignorou enquanto passavam por ela. Teias de grandes aranhas pretas e amarelas do pântano pairavam por toda parte, esperando para capturar as multidões de insetos voadores que zumbiam à sombra das enormes árvores antigas.

Fiona respirou os aromas do pântano. O aroma exótico de jasmim se misturava com o aroma estagnado de folhagem podre. Os aromas dos ciclos da vida.

Levaram vinte minutos até avistar pela primeira vez a velha casa através das árvores.

— Pela Deusa — Kelly arfou quando viu a enorme estrutura subindo para fora da água, seu tapume desbotado e coberto de musgo e bolor. Uma ampla escada levava a uma varanda, sustentando um terceiro andar coberto por um telhado de mansarda e canos enferrujados.

— Este lugar é mais assustador do que eu já vi em qualquer filme de terror — disse Kelly com um suspiro.

— Eu acho lindo — disse Fiona, olhando as janelas que iam do chão ao teto, cercadas por persianas que haviam desbotado décadas atrás. — Este deve ter sido um lugar maravilhoso na época em que foi construído.

Charlie manobrou o barco até a escada e o prendeu no corrimão. — Agora, senhoras, cuidado onde pisam — ele avisou. — Entre os cupins e a podridão do pântano, o piso pode estar fraco. — Ele saiu do barco para um degrau seco e ajudou cada uma das mulheres a sair. — Duvido que Lourdes morasse aqui — disse ele.

— Disso eu já não sei — disse Julia e apontou para um cabo elétrico vindo de um poste até a casa.

Charlie apontou para uma placa amarela de Mantenha Distância. — A polícia condenou e fechou esse lugar com tábuas uma dúzia de vezes ao longo dos anos — disse ele —, mas de algum jeito as tábuas continuavam sendo derrubadas — . Ele girou a maçaneta e abriu a porta.

— Crianças procurando um lugar para se divertir e se pegar — disse Kelly enquanto entrava.

Fiona seguiu sua jovem prima e torceu o nariz com o cheiro de mofo e decadência. O papel de parede que antes era de cores vibrantes estava manchado de preto e descascava das paredes. A madeira no chão estava deformada pela umidade, e Charlie as alertou novamente para tomar cuidado com onde pisavam.

— Olhem para esses móveis! — Julia arfou e todos começaram a examinar as cadeiras, mesas e prateleiras da sala. — Essas coisas devem valer uma fortuna em um mercado de antiguidades.

— Pena que estão apodrecendo no pântano — disse Charlie. — Vamos subir para onde pode estar mais seco.

Fiona seguiu Charlie escada acima, enquanto Julia e Kelly continuavam olhando o andar de baixo.

— Isso ainda parece resistente — disse Charlie e balançou o corrimão de mogno pesado —, mas ainda assim tome cuidado, Fiona.

Fiona seguiu um tapete oriental antigo pelo corredor. Ela viu um brilho azul familiar e procurou um interruptor de luz na parede. Ela encontrou um e ligou. Uma luminária de teto iluminou um escritório bem equipado. Ela foi até a mesa polida do século XVIII e encontrou um laptop.

— Acho que era aqui mesmo onde ele estava morando, no final das contas — disse ela.

— Caramba — ela ouviu Charlie ofegar e se virou para vê-lo olhando para algo acima de uma enorme lareira.

Fiona caminhou para o lado dele e viu o retrato de uma mulher. Ela usava as roupas de uma aristocrata do século XVIII, com os cabelos ruivos arrumados no topo da cabeça, como Maria Antonieta, com cachos grossos pendurados por sobre um ombro.

— Ela se parece com você, Fiona — Charlie murmurou.

— Não parece nada — protestou Fiona enquanto estudava o retrato. — Ela não pode ter mais que vinte ou vinte e cinco anos.

— Uma você jovem, claro — disse ele, enquanto continuava olhando a mulher na pintura —, mas ainda assim parece você.

Fiona ouviu passos no corredor. — Estamos aqui — ela chamou.

— Este lugar é uma mina de ouro — disse Julia quando ela e Kelly entraram na sala. — Alguém deve entrar em contato com a família de Lourdes para limpá-lo antes que tudo apodreça.

— O senhor Bascombe disse que ele não tinha mais família — disse Fiona com um suspiro. — Lourdes me disse que sua esposa morreu no parto há muito tempo junto com o bebê.

— Então as coisas são de quem pegar — disse Charlie e tocou o retrato. — Essa coisa deve ir pra sua loja, Fiona. Poderia ser você.

Julia e Kelly correram para estudar o retrato. — Parece um pouco com você, tia Fiona — disse Kelly enquanto empurrava a mão de Charlie para tocar a pintura. Ela fechou os olhos.

— Ela está canalizando — Fiona sussurrou para Charlie.

— Coisa de bruxa? — ele perguntou baixinho

Fiona sorriu. — Sim, coisa de bruxa.

Ele se afastou com os olhos arregalados. — Ah.

Kelly abriu os olhos com um suspiro.

— O que você captou, Kelly? — Julia perguntou.

— Ela disse para pegarmos — Kelly murmurou. — Ela disse para pegarmos tudo ou vai tudo se perder muito em breve.

Charlie pegou o retrato da parede. — Isso é bom o suficiente para mim — disse ele. — Vamos carregar o barco antes que os catadores comecem a aparecer para saquear o local.

— Esta casa tem sido usada para festas há anos — disse Fiona —, por que você acha que ela não foi saqueada antes?

Kelly sorriu e acenou com a cabeça para o retrato. — Ela não deixou. — Fiona se lembrou das histórias sobre esse lugar ser assombrado.

— Ou Lourdes não deixou — disse Fiona.

— Lourdes? — Charlie disse com o rosto confuso.

— Ele estava morando aqui e...

— E ele é um vampiro — Julia interrompeu Fiona.

— Um vampiro? —Charlie disse com um sorriso incrédulo. — Agora isso já é bobagem.

— Ela era sua esposa — disse Kelly, acenando com a cabeça para a pintura —, e ela era uma bruxa Rubidoux do mais alto escalão. — Ela se virou para Fiona. — O nome dela era Annabella, e ela disse que você deveria ficar com as coisas nesta casa, Fiona, porque você também é uma Rubidoux e uma das últimos do seu sangue.

— Já ouvi o suficiente dessa besteira sobre vampiros — disse Charlie. — Vamos carregar o que pudermos no barco, levar de volta para sua casa, e então eu e Rex voltaremos para pegar o resto. — Ele sorriu para a pintura. — Se a dona fantasma aqui deixar, é claro.

— Ela vai deixar — disse Julia com um suspiro. — Ela abandonou seu domínio sobre este lugar.

— Vamos começar, então — disse Charlie, e eles começaram a juntar as coisas para levar para o barco.

Fiona segurou firme o laptop, ansiosa para ler o manuscrito de Lourdes. Eles passaram duas horas percorrendo a casa, escolhendo coisas para levar à casa de Fiona na primeira viagem e carregando-as no barco. Eles se moveram lentamente no caminho de volta para o carro de Charlie, e ele disse que traria o caminhão dele e o de Rex para pegar a próxima carga de móveis.

— Você deveria colocar isso — Charlie disse, batendo na pintura de Annabella —, e a mesa e a cadeira do velho na loja como uma peça central para o seu evento, Fi, mas eu não contaria essa história de vampiros se eu fosse você.

— Você provavelmente está certo — disse ela piscando para as primas mais novas.

Depois que eles voltaram para a loja e descarregaram o barco, Charlie e Rex retornaram para pegar outra carga.

Fiona entrou para encontrar sua loja de volta em ordem. Mesas e cadeiras haviam sido consertadas ou substituídas. O vidro da porta fora substituído e sua vitrine de doces estava de volta ao normal e cheia de doces da senhorita Penny. O local havia sido lavado e as mesas de exibição preenchidas novamente com os romances de Marcus Lourdes. Os cartazes estavam pendurados novamente e Fiona sorriu para o autor perdido.

A respiração de Fiona ficou presa na garganta e as lágrimas arderam nos olhos quando ela entrou na seção infantil para encontrar Raquel Clairvoux em uma escada com um pincel na mão, pintando por cima das listras pretas que um dos capangas de Hector havia borrifado sobre seu trabalho original.

— Está lindo de novo — Fiona soluçou enquanto olhava para os murais reformados.

— Fico feliz por isso — disse a jovem enquanto descia da escada. Ela acenou com a cabeça para uma cena no canto que havia pintado recentemente. Eram as imagens de três garotinhos índios com penas e tranças, com suas tangas levantadas sobre os traseiros, enquanto tomavam tapas de uma bruxa bonita e sua vassoura.

— Ai, eu adorei — Fiona arfou de alegria. — É perfeito.

Raquel sorriu. — Eu pensei que era apropriado.

— Espero que Charlie tenha prestando atenção ao que queríamos da casa — disse Julia.

Ruby ficou hipnotizada com a pintura e a história que Kelly contara sobre a mulher.

— Aquele seu livro antigo — disse Melanie à avó — não dizia que Lourdes deveria ter se casado com uma garota DuBois depois que a esposa dele morreu?

— Sim, era isso o que dizia.

— Então quem colocou a maldição de vampiro nele? — a adolescente perguntou.

11

A Pão da Vida abriu como de costume apenas dois dias após o vandalismo de Hector e seus capangas.

— Este lugar parece melhor do que nunca, Fiona — disse Charlie quando Fiona encheu sua xícara.

As confortáveis cadeiras de leitura destruídas pelos homens da Recuperação de Portfólio Nativo haviam sido substituídas por peças da casa de Lourdes no pântano, e sua mesa agora estava encostada na parede dividindo a livraria e a cafeteria com o retrato de Annabella olhando para a loja. Todos comentavam o quanto a jovem da pintura se parecia com Fiona.

Fiona imprimiu a foto de Mark Lord e Jonathan Frid da festa de Sombras da Noite em 1969, emoldurou-a e colocou-a sobre a mesa. Ela se perguntou se alguém notaria.

O laptop de Lourdes também enfeitava a mesa. Ela e Ruby haviam lido o novo manuscrito. Contava a história de um homem obcecado por seu poder e obcecado por uma mulher.

— É sobre o homem que criou a Ilha Rubidoux, não é? — Fiona perguntara à tia.

— Parece que sim. Lourdes estava escrevendo uma história mordaz sobre os Rubidoux e sua eventual ruína, mas ele não terminou — Ruby dissera com um suspiro. — Tudo parece terminar na época em que Lourdes se tornou Mark Lord e começou a escrever para a Sombras da Noite.

Fiona sorrira. — Está tudo bem, sabemos como essa história termina.

— Você notou todas as referências dele nas margens a anotações em diários? Você encontrou algum diário em seu escritório? — Ruby perguntara.

Fiona balançara a cabeça. — Havia muitos livros antigos nas prateleiras que Charlie e Rex não se preocuparam em trazer de volta com eles. — Ela dera de ombros e esfregara os olhos cansados. — Suponho que eles poderiam estar entre eles.

— Precisamos voltar para a casa e encontrá-los — dissera a velha em tom desesperado. — Eles podem conter informações importantes sobre os Rubidoux que nunca ouvimos antes.

Fiona levantara uma sobrancelha. — Mas você e Kelly não copiaram aqueles diários dos Rubidoux que você recebeu de Delphi De LaCroix?

— Sim — respondera Ruby —, mas é sempre bom ter informações de outro ponto de vista. — Ruby respirara fundo. — Se Lourdes é o que pensamos que ele é, então ele tem informações em primeira mão sobre os Rubidoux e o Black Bayou, que remontam décadas - séculos até. Seus diários podem conter informações inestimáveis que não podemos perder para o pântano.

Fiona apertara a mão da tia. — Voltaremos lá amanhã, mas, por enquanto, nós duas precisamos dormir um pouco para recuperar nossas energias.

Julia levara Ruby para casa e prometera voltar no dia seguinte com um caminhão e um barco para outra expedição até a casa no pântano.

— Todo mundo fez um trabalho incrível ao colocar esse lugar novamente de pé para mim. — A voz de Fiona embargou de emoção. — Eu realmente pensei que estava tudo acabado.

Charlie pegou a mão dela. — Todo mundo em St. Elizabeth te ama, Fi.

Rex sorriu. — Alguns mais que outros, ao que parece.

Melanie, com a pequena poodle laranja nos calcanhares, veio da área da livraria onde estava reorganizando os livros nas prateleiras. Ela parou em frente à mesa de Lourdes, caiu na cadeira estofada e olhou para o retrato na parede.

— Não consigo deixar pra lá o quanto ela se parece com você, tia Fiona. Você deveria mandar fazer um vestido assim e arrumar o cabelo desse jeito para o memorial.

Fiona riu. — Eu duvido que as garotas do Salão da Barb vão se interessar em tentar reproduzir um penteado do século dezoito como esse.

— Bom, pelo menos mande fazer o vestido — insistiu Melanie.

— Como se meus quadris precisassem parecer mais largos do que já são. — Ela sorriu para a sobrinha. — Essas malditas saias farthingale têm cerca de um metro e oitenta de largura.

Rex esvaziou sua xícara e se levantou. — Hora de irmos, amigo. Se elas vão começar a conversar sobre penteados e vestidos, eu vou dar o fora daqui.

— Estou com você nessa — Charlie disse com um sorriso e virou-se para Fiona. — Então, o grande show ainda vai acontecer como planejado?

— Graças a todos vocês — disse ela e deu um beijo na bochecha dele, o aroma do Old Spice enchendo seu nariz.

— Ai, eca — Melanie gemeu do outro lado da sala.

— Estou com você nessa, garota — disse Rex enquanto puxava Charlie em direção à porta. — Nos vemos mais tarde. Temos que garantir que a cidade esteja pronta para a grande tempestade que eles dizem estar vindo pelo Golfo hoje.

— Grande tempestade? — Fiona perguntou.

— Deve chegar no final da tarde — disse Charlie —, com chuvas pesadas e ventos fortes.

Fiona revirou os olhos. — Exatamente do que precisamos.

Os policiais foram embora, e Julia com o marido, Kelly com o marido, tia Ruby e Benny entraram. Benny foi direto para a vitrine de doces. Melanie pegou dois doces de framboesa para o irmãozinho e serviu-lhe um copo de leite.

— Gostei do seu novo quadro, tia Fiona — disse o garoto, olhando para o retrato —, mas a moça com o bebê diz que é ela e não você.

— Moça com o bebê? — Fiona murmurou e forçou os olhos para ver o que Benny estava vendo.

— Ele é um médium forte, Fi — Kelly sussurrou. — Annabella e seu filho vieram para cá junto com a pintura.

Ruby ofegou. — Mas como pode ser isso?

Benny começou a rir. — Annabella diz que é fácil libertar o espírito do local de onde ele morreu. — Seu rosto sardento se iluminou com um sorriso largo. — Vou dizer ao vovô, mamãe e papai como fazer isso, para que todos possamos ficar juntos novamente.

— Ótimo — resmungou Ruby —, agora eu tenho uma bruxa Rubidoux morta ensinando meu neto.

Fiona sorriu para a tia. — Ter um fantasma com conhecimento do passado pode ser ainda mais útil do que os diários de Lourdes.

A boca de Ruby se abriu. — Eu não tinha pensado nisso — ela murmurou e deu um passo em direção ao neto e ao retrato. — Vocês podem vê-la? — Ruby forçou os olhos. — Eu não posso.

— Você sabe como isso funciona, tia Ruby — disse Kelly à tia. — Ela se mostrará para você quando estiver pronta. — Kelly levantou a cabeça e franziu a testa. — Annabella diz que precisamos ir até a casa logo. — Ela virou a cabeça para Fiona. — Ela diz que você encontrará o que está procurando no sótão acima da varanda, e que há coisas nos baús de que você pode gostar. — Kelly sorriu e esfregou a barriga. — Ela diz que eu deveria levar as coisas de bebê para o meu filho também, já que o dela não precisa mais delas...

— Um garoto? — seu marido Dylan perguntou com um sorriso largo no rosto. — É um menino?

— É o que ela diz. — A loira bonita assentiu e caiu em uma

cadeira. — Mas estou grávida demais para fazer outra viagem até aquela casa e subir escadas até um sótão. Você pode filmar o lugar para mim com seu telefone, querido? — ela perguntou a Dylan. — Eu gostaria de usá-lo para um episódio do programa na próxima temporada.

Ele franziu o cenho para a esposa. — Você está sempre trabalhando, Kel. Você não pode pelo menos tirar um tempinho para ter nosso filho?

Kelly sorriu e deu um tapinha no braço da cadeira. — Estou tirando. — Ela piscou um olho azul brilhante para Fiona. — Vou sentar aqui e conversar com a minha nova amiga Annabella, enquanto vocês vão esvaziar aquele sótão na casa de Lourdes.

Dylan balançou a cabeça. — Sempre trabalhando... mesmo quando não está.

Eles deixaram Kelly na loja com Melanie e Benny e levaram os barcos de volta pelo pântano sufocante e assustadoramente silencioso até a mansão de Lourdes. O céu escuro, pesado com nuvens enquanto a nova tempestade avançava em direção ao lago, preocupava Fiona. Vento e mais chuva não seriam bons para o prédio antigo ou seu evento. Ela viu Dylan pegar o celular, mudar para o modo de vídeo e começar a gravar a chegada deles na mansão outrora majestosa, mas agora apodrecida.

Ruby agarrou a mão de Fiona. — Sinto algo ameaçador aqui — ela sussurrou enquanto os homens amarravam os barcos nos corrimões dos dois lados da ampla escada. — Você também pode sentir, querida?

Fiona estendeu a mão como estivera praticando com Melanie quase todas as noites. Sua respiração ficou presa na garganta quando ela tocou uma escuridão desconhecida, que enviou um calafrio por sua espinha. — Sim — murmurou Fiona. — Precisamos fazer isso o mais rápido possível e dar o fora dessa casa maldita. — Fiona apertou a mão trêmula de Ruby. — Tenho a distinta impressão de que não somos bem-vindos aqui.

— Kelly não disse que a bruxa Rubidoux havia retirado seu

domínio sobre este lugar? — Julia perguntou enquanto o marido a ajudava a sair do barco e subir os degraus encharcados de água.

— Seja o que for — disse Ruby —, não é Annabella Rubidoux. É energia masculina, não feminina.

— Tudo bem, senhoras — disse Dylan e ofereceu sua mão a Ruby —, vamos colocar esse show na estrada.

Eles entraram e Fiona ficou chocada ao ver o espaço vazio deixado por Charlie e Rex.

— Esse lugar deve ter sido tão elegante na sua época — Ruby ofegou enquanto estudava o papel de parede descascado e as cortinas mofadas.

— Parece um pedaço de porcaria caindo aos pedaços agora — Dylan murmurou enquanto filmava o espaço.

Julia foi em direção à sala de jantar. — Foi o que eu pensei — ela cuspiu. — Eles não se incomodaram com nada disso. — Ela acenou com a cabeça para o conteúdo de um amplo armário de porcelana, seu revestimento de pau-rosa descascando depois de séculos de exposição ao ambiente úmido do pântano.

Ela abriu uma das portas de vidro e removeu uma delicada xícara de porcelana. — Essas coisas devem valer uma fortuna — ela arfou enquanto estudava as cores brilhantes do desenho —, e aqueles dois idiotas simplesmente as deixaram aqui.

Ruby sorriu. — O que você esperava dos homens, querida?

Julia balançou a cabeça vermelha. — Vou encontrar uma caixa para guardar tudo isso. Ficará ótimo em sua loja, tia Fiona, e deve haver jogos para uma dúzia de pessoas aqui, juntamente com um serviço completo de café e chá. — Ela marchou em direção à cozinha com o marido, Dalton, seguindo logo atrás.

— Vamos procurar aqueles diários — Ruby disse e foi em direção às escadas.

— Eu quero dar uma olhada em todos aqueles livros antigos no escritório também — disse Fiona. — Se houver primeiras edições de títulos notáveis, eles podem valer uma boa grana em um leilão.

— Certamente não faz sentido deixá-los aqui apodrecendo —

Ruby concordou. — Gostaria de saber se ele tem uma primeira edição de Drácula.

Fiona não pôde deixar de rir.

— Cuidado com os degraus — alertou Dylan enquanto subiam as escadas para o quarto do sótão. — Esta área parece um pouco menos segura do que o andar de baixo. — Ele apertou um interruptor, e uma lâmpada piscou para a vida. Ele limpou uma espessa camada de poeira de um berço esculpido. — Acho que é disso que a nova amiga fantasma de Kelly estava falando.

— Certamente é uma peça bonita — Ruby disse com um suspiro profundo enquanto passava a mão sobre os entalhes.

Fiona se encolheu quando algo deslizou pelo chão através da poeira. — Parece que os bichos também encontraram esse lugar. — Ela usou o pé para afastar excrementos de ratos ou gambás antes de se abaixar para abrir um baú com a tampa ornamentada. Lá dentro, ela encontrou lindas roupas de cama de cetim para o berço e as roupas infantis da época. — Estes vão com o berço — disse ela a Dylan. Ele filmou o conteúdo.

Ele tirou o boné marrom da polícia de St. Martinsville e passou a mão na testa suada enquanto olhava para os baús. — É melhor eu levar tudo isso até o barco.

Em outro baú menor, Fiona encontrou os diários encadernados em couro de Lourdes. — Aqui está o que você estava procurando, tia Ruby. Deve haver mais de uma dúzia deles aqui.

— Mal posso esperar para começar. — A velha sorriu enquanto se apoiava na bengala e estudava uma das páginas quebradiças.

— Quem sabe — disse Fiona —, talvez haja um livro do Mago do Pântano aqui para acompanhar o seu da Bruxa do Pântano.

Ruby deu uma risadinha. — Pelo que li daquele manuscrito — ela disse —, acho que Lourdes me venceu nessa.

Durante a hora seguinte, Fiona e Ruby examinaram os muitos baús armazenados no sótão. Elas encontraram roupas de cama e cortinas antigas, guardadas com bolas de cânfora para protegê-las de pragas, mais diários que pareciam ser registros contábeis da propriedade, um baú cheio de peças de jantar de prata cuidadosamente embrulhadas em mantas de algodão e artigos de vidro cuidadosamente protegidos.

— Eu acredito que estes são os baús destinados a você, Fiona — Ruby disse enquanto pegava uma roupa verde e macia do baú a seus pés. O vestido era velho, no estilo usado no século XVIII, mas estivera guardado e parecia ter acabado de ser confeccionado.

Fiona pegou a roupa delicada e a segurou. — Parece que pode até servir — disse ela.

Ruby riu. — Você terá que esconder isso de Mel ou a garota vai querer brincar de experimentar roupas o dia todo.

Fiona girou com o vestido na cintura. — Faz você se sentir um pouco como uma princesa.

Dylan entrou correndo no quarto. — O vento está ficando mais forte, senhoras — ele disse com uma carranca —, e os barcos estão lotados o máximo que conseguimos, então é melhor sairmos daqui antes que a tempestade nos atinja com força total.

— Precisamos desses dois últimos baús — disse Ruby. — Essas roupas valeriam uma fortuna para um colecionador ou um museu.

Dylan revirou os olhos castanhos. — Jules acabou de guardar os últimos livros de Lourdes da biblioteca dele, mas acho que posso encaixá-los. — Ele levantou um dos baús, enquanto Fiona colocava o vestido de volta no outro. — Mas vocês, senhoras, podem ter que voltar para os caminhões com alguma coisa no colo.

Os dois barcos afundavam um pouco na água enquanto se afastavam da grande casa velha. Um trovão roncou no céu e a chuva começou a descer pelos ciprestes açoitados pelo vento.

— Fique longe da antiga linha de energia — Dylan gritou para Dalton no outro barco quando um raio atingiu um dos ciprestes enormes ao lado da mansão. Todos se viraram para assistir horrorizados quando um galho se soltou e caiu no telhado da casa antiga.

— Ai, nossa senhora — Ruby ofegou quando o quarto do sótão de que haviam acabado de sair desabou sobre si mesmo e o resto da mansão seguiu como um castelo de cartas derrubado de cima.

Os dois barcos balançaram e tremeram quando a água do pântano ao redor deles se agitou com o colapso da casa antiga. — Vamos dar o fora daqui — gritou Dylan para o outro barco, quando algo acendeu a pilha de madeira podre que outrora fora a elegante propriedade dos Lourdes.

Enquanto os dois barcos se afastavam pela chuva que açoitava com o vento, um braço surgiu e um par de olhos espiou por cima do galho enorme que caíra e destruíra a antiga casa.

— Toda essa invasão e roubo é imperdoável — murmurou a figura no pântano escuro e encharcado de chuva, enquanto lutava para se segurar no galho liso —, e vocês todos pagarão por essa traição.

⁂ 12 ⁂

O Memorial de Marcus Lourdes estava a apenas um dia de distância.

Fiona estava sentada em sua mesa com o laptop aberto enquanto digitava. Ela havia dito ao Sr. Bascombe que havia encontrado o computador de Lourdes, mas que não havia conseguido acessar ele.

Fiona odiava mentir para o homem que havia sido tão prestativo nas últimas semanas, mas depois de longas discussões com Ruby, Kelly e Julia, ela havia decidido terminar o livro por conta própria. Ela continuou a história de onde Lourdes a deixara. Armand Beauforte, um homem amaldiçoado pelo vampirismo, estava vivendo sua vida como escritor, mas depois de alguns problemas com a família da mulher que o amaldiçoara, ele fingiu sua morte na Europa e se reinventou, como ele já havia feito centenas de vezes no passado. Obviamente, Lourdes havia decidido escrever uma autobiografia.

Ele havia retornado para a casa da sua família e, com a ajuda de uma jovem bruxa, destruído a fortaleza da família e o fantasma da matriarca que o atormentavam há séculos. Com a ajuda de Ruby, Fiona copiou o estilo de escrita de Lourdes, pegou sua história e combinou-a com o que elas sabiam ter realmente acontecido na Ilha Rubidoux por meio de Delphi De LaCroix, e escreveu os cinco capítulos finais para encerrar o romance de Lourdes. Ela esperava que Lourdes fosse gostar - onde quer que ele estivesse.

Fiona digitou uma nota para o editor da Hardscape, Alan Davis, e explicou-lhe o que ela havia feito. Ela tinha certeza de que os editores lá provavelmente mudariam tudo ou simplesmente o descartariam por um final que eles mesmos escreveram, mas Fiona estava feliz com sua conquista e a enviou para a Hardscape.

O sino da porta soou e Fiona se virou para ver um homem alto e magro, com cabelos longos e despenteados, passar pela porta. Ele usava um elegante terno cinza em forte contraste com o cabelo e sorria para Fiona. — Madame DuBois? — ele perguntou, e Fiona reconheceu a voz do Sr. Bascombe de suas muitas conversas telefônicas.

Fiona se levantou e caminhou em direção ao publicitário. Algo no rosto angular e no nariz parecido com um bico do homem era familiar, mas Fiona não conseguiu identificá-lo. Talvez ela tivesse visto uma foto dele online em algum momento durante o planejamento da tarde de autógrafos e depois do memorial.

Ela pegou a mão dele e ficou surpresa com quão quente ela estava. Ele estaria com febre? Fiona recordou as mãos frias de Lourdes. Bascombe, pelo menos, não era um vampiro.

— É tão bom finalmente ter um rosto para colocar na voz do telefone — disse ela.

Bascombe olhou de Fiona para o retrato na parede. — Onde você encontrou aquilo? — ele perguntou com o que Fiona só poderia chamar de desprezo na voz.

— Trouxe junto com a mesa e a cadeira do senhor Lourdes de sua casa no pântano antes de ela ser destruída pela tempestade — disse ela. — Eu pensei que seria apropriado para o memorial.

Bascombe passou por ela para agarrar as costas da cadeira alta de couro perto da mesa. — Vi elas uma vez no escritório do apartamento dele em Nova York. Elas são, de fato, bastante apropriadas para o memorial, e Marcus teria ficado muito feliz por você tê-las salvado da ruína causada pela tempestade — Bascombe disse enquanto acariciava o couro macio e marrom. — O que você pretende fazer com elas depois do memorial de Marcus? — Ele pegou a foto de Lord e Frid, a estudou e sorriu antes de devolvê-la à mesa.

Fiona deu de ombros. — Eu realmente não tinha pensado nisso.

Bascombe virou-se para ela com um sorriso. — Eu ficaria feliz em tirá-las de suas mãos — ele ofereceu —, e mandá-las de volta para o meu apartamento em Nova York como uma lembrança do meu grande e querido amigo. — O homem voltou-se para encarar o laptop. — Você descobriu a senha de Marcus?

Fiona olhou para o retrato. — Sim — ela respondeu, inquieta. — Eu estava me preparando para fazer uma xícara de chá de camomila. Você gostaria de uma?

— Isso seria perfeito — disse Bascombe. — Imagino que o Sr. Davis tenha ficado feliz em finalmente receber o manuscrito perdido de Marcus.

— Eu tenho certeza de que sim — ela murmurou enquanto despejava água quente sobre sacos de camomila em delicadas xícaras de porcelana resgatadas do armário em ruínas da casa de Lourdes.

Fiona levou o chá para o sofá colonial de veludo, onde Bascombe estava sentado, e colocou o chá em uma mesa oval de pau-rosa com pernas arqueadas. Ela ainda podia sentir o cheiro do mofo no tecido do sofá, embora o tivesse borrifado com limpador de tecidos quase todos os dias desde que o haviam pegado na mansão de Lourdes. Ela se perguntou se Bascombe também tinha visto essas peças e as reconhecia. Talvez essas nunca tivessem ido a Nova York com a escrivaninha e o retrato.

Seus sentidos não eram tão aguçados quanto os de Kelly ou Benny, e Fiona nunca tinha sido capaz de ver ou se comunicar com a entidade Annabella, embora Kelly o fizesse toda vez que visitava a loja.

Eles discutiram o memorial e beberam o chá enquanto a tarde virava noite. Fiona teve que se levantar duas vezes para atender clientes enquanto Bascombe passeava pela livraria.

— Eu deveria ir e deixar você cuidar do seu negócio, madame — disse Bascombe finalmente. — Estou hospedado na adorável pousada do outro lado da rua enquanto estou aqui. — Ele acenou com a cabeça em direção à Pousada do Lago do outro lado da rua. — Vou fazer um acordo com um entregador para que a mesa e a cadeira sejam enviadas para Nova York após o memorial de Marcus. — Ele olhou para o retrato de Annabella. — Você pode ficar com esse lixo. Isso não tem importância para mim.

— Você não sabe quem ela era?

— Não faço ideia — disse ele, enquanto estudava o rosto de Fiona —, mas com a semelhança, atrevo-me a dizer uma parente sua. — Bascombe se levantou e caminhou em direção à porta. — Vejo você no grande dia, madame. — Ele sorriu enquanto ajeitava a jaqueta sob medida, enfiava uma mecha de cabelo atrás da orelha, que exibia um brinco de diamante no lóbulo alongado, e saía para a noite escura.

— Agora, esse é um cara estranho — disse Fiona ao retrato de Annabella e pegou as xícaras e pires vazios.

Ela estava lavando-os quando a sineta da porta soou novamente, e Fiona olhou para cima e viu Hector e seus capangas entrando no prédio.

A raiva passou por Fiona. Ele tinha muita cara de pau em aparecer na loja novamente.

— Vejo que você conseguiu se recuperar mais rapidamente do que eu esperava, Sra. Clegg — o homem nativo zombou enquanto caminhava em direção ao balcão para encarar Fiona, que se moveu para ficar atrás da caixa registradora. Os saltos de suas botas de caubói pretas e polidas estalavam nos azulejos. — Mas meu escritório ainda não recebeu seu pagamento atrasado. Talvez meus homens precisem aplicar um pouco mais de força dessa vez para mostrar o quanto estamos comprometidos em recebê-lo.

Fiona estava feliz por Melanie ter levado Poppy com ela para um passeio noturno com Ruby e Benny. A menina não precisava ter que lidar com esses idiotas novamente. Ela sorriu enquanto passava a mão entre o caixa e o balcão para encontrar o botão de alerta de emergência da delegacia que Charlie instalara após a última visita de Hector.

— Então você deveria ir atrás de Elliot e sua nova esposa, Sr. Urso Irritado — Fiona sibilou —, porque eu não sou a Sra. Clegg e nunca assinei nada.

O telefone no balcão tocou e Fiona sabia que era a polícia ligando para procurá-la. Se ela não respondesse, eles despachariam oficiais, assumindo que ela estava com problemas.

— Você não vai atender, senhora Clegg?

— Não — disse ela e se afastou do balcão.

— De onde diabos eles vieram? — Fiona ouviu um dos homens de Hector gritar.

Fiona levantou os olhos para ver a forma nebulosa de uma ruiva esbelta com um bebê nos braços entre Hector e seus capangas. Ela observou os olhos deles se arregalarem quando a jovem falou palavras que só eles podiam ouvir e apontou para a porta.

Um dos jovens tentou alcançar a figura e a mão dele passou pelo corpo dela. Ele soltou um palavrão, virou-se e fugiu com seu parceiro. A aparição se virou e começou a deslizar silenciosamente pelo chão em direção ao homem restante.

— Acho que seus homens acabaram de te deixar para trás, Hector — disse Fiona com um sorriso satisfeito aparecendo nos cantos da boca.

Ele se virou e viu seus homens correndo pelo estacionamento escuro e uma jovem mulher vestindo roupas desatualizadas com um bebê nos braços deslizando - sem andar - em sua direção. Seu rosto perdeu a cor, seus olhos se arregalaram de medo e ele correu em direção à porta no mesmo momento em que um veículo da polícia parava na frente com luzes e sirenes ligadas.

— Obrigada por não permitir que aquele idiota levasse meu filho e eu com ele para Nova York — disse a voz de Annabella Rubidoux Lourdes, com sotaque francês, antes de sua aparição desaparecer da vista de Fiona.

Ela observou Hector ser algemado e forçado a entrar no veículo da polícia por dois policiais uniformizados. Fiona também viu os contornos escuros dos outros dois homens no veículo.

— Você está bem, senhora? — o jovem oficial perguntou quando ele enfiou a cabeça pela porta.

— Estou bem — disse ela. — Acho que eles perceberam que eu tinha acionado o alarme e fugiram.

— Esses são os caras que destruíram sua loja no outro dia, senhora?

— São sim — disse Fiona com um aceno de cabeça. — E eles ameaçaram fazer o mesmo novamente se eu não lhes pagasse o dinheiro que eles queriam.

— Nós vamos levá-los e fichá-los por vandalismo e ameaça — disse ele com um sorriso. — Eu não acho que eles vão te incomodar mais.

Fiona olhou para o retrato e sorriu. — Eu também acho que não, oficial.

13

O dia do memorial de Lourdes chegou com um aguaceiro.

Fiona e Melanie se levantaram cedo e vestiram os vestidos que haviam encontrado nos baús. Elas riram enquanto amarravam corpetes apertados umas nas outras e descobriam a mecânica dos dispositivos que deveriam ser colocados em suas cinturas para inflar as saias farthingale.

— Não acredito que as mulheres se sujeitavam a nisso — exclamou Melanie enquanto Fiona a prendia no dispositivo. Poppy estava esparramada na cama assistindo.

Fiona bufou. — Essas coisas não são nada. Cem anos depois que as mulheres usaram essas roupas, elas começaram a se prender em armações de metal chamadas crinolinas para fazer suas bundas parecerem enormes.

Melanie lançou-lhe um olhar chocado. — Por que diabos elas fariam isso?

Fiona sorriu. — Para parecer uma rainha — disse ela. — Depois de ter tido cerca de uma dúzia de filhos, a velha rainha Victoria tinha uma bunda enorme. As mulheres não queriam ofendê-la, então a moda começou a imitar a bunda grande da rainha e como ela tentava escondê-la com toneladas de renda e babados. —Ela colocou a mão em uma das grades ao lado do quadril e riu. — Eu imagino que uma rainha qualquer na França tenha tido uns quadris meio largos.

Melanie revirou os olhos. — Espera — disse ela abruptamente —, é por isso que minhas professoras começaram a usar aquelas calças feias quando Hillary Clinton estava concorrendo à presidência?

— As primeiras damas são as coisas mais próximas que temos das rainhas aqui na América.

— Eu prefiro me vestir como a Beyonce — disse Melanie enquanto Fiona escovava o cabelo da garota, o enrolava com seu babyliss e o prendia no topo da cabeça dela em uma aproximação do estilo de cabelo de Annabella no retrato no andar de baixo.

O tecido dos vestidos era velho, mas estivera bem preservado nos baús e parecia que poderia ser novo. Elas colocaram os vestidos e giraram na frente do espelho. Melanie usava um vestido feito de seda azul-petróleo, com renda macia e cor de creme nos cotovelos e um decote profundo que chamava atenção para seus seios amontoados pelo espartilho. O de Fiona era da mesma cor rosa coral do que o que Annabelle usava na pintura, que destacava seu próprio cabelo ruivo.

— Parecemos princesas — Melanie engasgou enquanto olhava para os reflexos delas.

Um trovão explodiu do lado de fora e Fiona foi até a janela para espiar. — Espero que esse clima não impeça as pessoas de virem.

— As notícias da noite passada disseram que a chuva vai passar rapidamente pela nossa área. — Melanie sorriu para a tia e deslizou os pés em um par de sapatilhas pretas. — Eles vão vir. Esse é tipo o maior evento que St. Elizabeth já viu em séculos.

— Vamos fazer um café, então — disse Fiona e abriu a porta da escada escura. — Cuidado para não tropeçar nessa saia longa, Mel. Não quero que você caia antes que o dia sequer tenha começado.

Elas acenderam as luzes e Fiona olhou admirada ao redor da

Pão da Vida. A agência de aluguel para festas entregara mesas extras com cadeiras dobráveis de madeira branca, e Melanie enfeitara as mesas com panos roxos e pretos. Arranjos de flores enfeitavam os centros de cada mesa. As exibições dos romances de Lourdes estavam espalhadas entre elas, com seu rosto sorrindo dos cartazes.

Os aromas de rosas e cravos enchiam a sala, e os olhos de Fiona arderam com lágrimas de orgulho enquanto ela fazia os primeiros bules de café para o dia.

Como sempre, Charlie e Rex foram os primeiros clientes a chegarem para tomar café e comer doces naquela manhã. Eles entraram correndo e sacudiram a chuva de seus uniformes. Os olhos de Charlie se arregalaram quando Fiona veio até os homens com a cafeteira na mão. — Caramba — ele engasgou quando a viu vestida com o vestido do século XVIII —, você está linda. — Fiona sorriu quando seus olhos sequer se moveram dos seios destacados que espreitavam acima do decote.

— Você está muito bonita também, senhorita Melanie — Rex falou do outro lado da sala para a adolescente.

Melanie fez uma reverência. — Obrigada, gentil senhor — ela chamou de volta com um rubor nas bochechas.

— É melhor tomar cuidado com ela hoje, Fiona — Rex advertiu. — Algum velho sujo é capaz de tentar fugir com ela. Ela parece uma daquelas bonecas de porcelana em uma loja de antiguidades.

Fiona sorriu enquanto enchia as xícaras. — Só espero que essa chuva pare logo.

— Deve parar antes do meio-dia — disse Rex com um sorriso —, para que possamos voltar e desfrutar um pouco do churrasco da Hot Foot.

Fiona olhou pela porta para a chuva caindo e franziu a testa. — Espero que você esteja certo.

Os clientes naquela manhã eram poucos, apenas os bebedores regulares de café, mas, assim como Rex previra, as nuvens se abriram e a chuva parou por volta das onze. Ao meio-dia, o sol brilhava e as esperanças de Fiona de que teriam um evento de sucesso aumentaram. O sol, o aroma de churrasco de porco e os sons da banda Dixieland tocando do lado de fora da Pão da Vida atraíram uma multidão animada de St. Elizabeth.

Pessoas de fora da cidade chegaram junto com Bascombe e uma equipe de televisão de Nova Orleans pouco depois das 13h.

— Isso não é emocionante, tia Fiona? — Melanie perguntou depois que a equipe de televisão as filmou e dezenas de outras pessoas pediram fotos delas em frente à mesa de Lourdes e o retrato de Annabella.

— Acho que sim — murmurou Fiona para a sobrinha —, mas meus pés estão me matando com esses malditos sapatos. — Ela tentou mexer os dedos dos pés nas sapatilhas apertadas e desejou ter optado por seus tênis confortáveis por baixo da saia longa.

— Mas olhe para todo mundo com livros em suas mãos — a menina continuou feliz. — Vai ser um ótimo dia no caixa hoje.

Fiona sorriu e olhou de volta para o caixa. — Por falar nisso, é melhor uma de nós voltar para lá antes que as pessoas comecem a sair sem pagar.

— Pode deixar. — Melanie correu pelas mesas para ocupar seu lugar atrás da caixa registradora, onde uma fila havia se formado.

Raquel Clairvoux, vestida com um vestido do século XIX como sua ancestral mulata Angelique, havia assumido o departamento infantil. Ela estava sentada com seus gêmeos de quatro anos em almofadas, lendo teatralmente para as crianças visitantes de um livro dos contos de fadas dos Irmãos Grimm. Fiona agradeceu silenciosamente à bela jovem enquanto entregava uma bandeja de biscoitos aos ouvintes de Raquel, que os agarraram com prazer.

Uma hora após sua chegada, Bascombe parou atrás de um pódio montado ao lado da mesa do autor com uma fotografia emoldurada de Marcus Lourdes ao fundo e um microfone. Ele já havia silenciado a banda e pedido a todos que entrassem para ouvir palavras em memória de seu querido amigo Marcus.

— Meus amigos — disse Bascombe, depois de dar uma batidinha no microfone para garantir que funcionava —, gostaria de agradecer a todos por terem vindo em memória de um grande autor nesta cidade que ele tanto amava. — O homem alto e magro penteara o cabelo, puxara-o para um rabo de cavalo e o prendera com uma fita de cetim preta acima da gola engomada de sua camisa branca brilhante.

— Também gostaria de agradecer à nossa graciosa anfitriã, Madame Fiona DuBois, por nos permitir invadir seu espaço adorável aqui hoje para esta ocasião. — Ele parou para uma salva de palmas e Fiona fez uma reverência no vestido de época. Isso atraiu os flashes de fotos sendo tiradas ao redor da sala e um rubor subiu pelo rosto de Fiona.

— Eu conhecia Marcus Lourdes desde muito jovem — disse Bascombe. — Passamos por muita coisa juntos em nossa juventude. — Fiona viu os olhos do publicitário dispararem para o retrato de Annabella e seu rosto escurecer um pouco antes de ele retomar sua linha de pensamento.

— Eu o assisti lutar com sua escrita nos primeiros anos — continuou Bascombe —, e aplaudi seus sucessos quando eles finalmente chegaram. — Ele apontou para uma mesa dos livros do autor. — Estamos todos felizes por haver tantos deles. — Ele apontou para Fiona novamente. — E graças a Madame DuBois, sua adição final está agora com seus editores na Editora Hardscape e estará disponível para compra na próxima temporada de férias.

Fiona sorriu e balançou a cabeça quando a multidão aplaudiu novamente com a notícia de um romance final de Lourdes. O homem era o publicitário de Lourdes, mesmo agora em seu serviço memorial.

— Marcus estava especialmente orgulhoso dos livros que ele ambientara em uma vila muito parecida com St. Elizabeth quando esta foi fundada no século XVIII. Seus primeiros trabalhos auto-publicados, “O Presente da Décima Segunda Noite” e “Tons da Noite” estão disponíveis aqui, graças a Madame

DuBois, e espero que vocês comprem cópias para suas coleções pessoais. — Ele levantou cópias dos livros. — O novo manuscrito será o capítulo final da história que ele queria contar.

Bascombe largou os livros, puxou um lenço de seda branca e enxugou os olhos lacrimejantes. Ele acenou com a cabeça, e o violinista da banda começou a tocar algo suave e reconfortante em seu instrumento. — Eu sei que Marcus esperava estar aqui hoje, quando este evento foi originalmente agendado como uma tarde de autógrafos. Ele diria a todos vocês que estava muito orgulhoso de entretê-los com todas as suas pequenas histórias ao longo dos anos. Estou aqui como seu amigo para lhes dizer o mesmo e agradecer do fundo do meu coração por terem vindo.

Bascombe sorriu. — Eu também gostaria de anunciar que Hollywood comprou os direitos de "O Presente da Décima Segunda Noite" e "Tons da Noite" para próximos filmes, então comprem cópias agora. — Ele desceu do pódio entre aplausos e perguntas sobre quem iria estrelar os próximos filmes.

Dentro de uma hora, todos os livros de Lourdes publicados independentemente que ela tinha em estoque haviam sido comprados e Fiona havia recebido pedidos pagos para mais cem. Melanie estava certa. Seria um dia muito bom no caixa.

As pessoas saíram para ouvir a banda, dançar e comer churrasco após o discurso de Bascombe e permaneceram até que a banda e o caminhão de alimentos fechassem por volta das 20h30. Fiona agradeceu a banda e pagou a eles.

— Eu não esperava que fôssemos ganhar tanto quanto ganhamos com esse show aqui — disse o gerente da banda, enquanto embolsava o cheque de Fiona —, mas nosso jarro de gorjetas está cheio de notas de vinte hoje à noite. Se você quiser fazer isso de novo, ligue para mim.

— Sem dúvida — acrescentou a adorável violinista. — Quando quiser.

— Vou me lembrar disso — disse Fiona antes de retornar à loja onde Melanie limpava as mesas.

A garota havia tirado os sapatos, puxado a saia para cima e tirado os grampos do cabelo loiro. Fiona sorriu e fez o mesmo.

— Foi um dia sensacional — disse ela quando se sentou em uma cadeira confortável e sacudiu os cabelos. — Sensacional. — A sala ao seu redor parecia vazia sem a multidão de pessoas, e elas haviam tirado várias das mesas de exibição ao longo do dia conforme elas esvaziavam.

— Quer que eu feche o caixa para ver o quão bom foi, tia Fiona? — Melanie perguntou com um sorriso largo.

Fiona sorriu com o entusiasmo da jovem. — Claro. Vá em frente. — Ela teve que admitir que se impedira de fazer isso uma dúzia de vezes durante o dia agitado.

Ela ouviu o barulho da caixa registradora enquanto Melanie totalizava as vendas do dia. Ela zumbiu e cuspiu um longo pedaço de papel estreito, e ela ouviu Melanie arrancá-lo. Alguns minutos depois, ela ouviu a jovem arfar. — Você não vai acreditar nisso, tia Fiona.

Fiona levantou a cabeça para encarar Melanie, que estava atrás do balcão com a boca aberta, olhando para a longa nota de recibo na mão.

— Não me deixe doida aqui, menina — insistiu Fiona. — O que diz?

— Mais de vinte e quatro mil — disse ela com um sorriso.

Embora esse fosse certamente um ótimo total para o dia no Pão da Vida, com a grande multidão comprando livros, comida e bebidas, Fiona esperava um pouco mais. — Somente nas vendas de livros de Lourdes — Melanie acrescentou com uma risadinha. — O total do dia inteiro é de quase cem mil dólares — ela disse enquanto corria pela sala para abraçar o pescoço de Fiona.

Elas ficaram abraçadas e rindo tanto que não ouviram a porta destrancada soar quando ela se abriu.

— Bem, isso parece promissor.

Elas pararam de comemorar e Melanie se afastou de Fiona. Elas viraram a cabeça para ver os rostos sorridentes de Hector e dois capangas diferentes olhando para elas. Um dos homens trancou a porta e apertou o botão para ligar a placa de neon que dizia "Fechado".

Hector enfiou a mão no paletó e tirou uma pistola. — Parece que seu grande dia vai permitir que você finalmente pague sua dívida, senhora Clegg. — Ele apontou a pistola em direção à caixa registradora. — Por que você não vai até lá e conta o dinheiro para mim.

Fiona pegou Melanie e puxou a garota para ela de uma maneira protetora. — Saia da minha loja — ela sibilou e apontou para a porta. — Você não aprendeu a lição da última vez?

— Quaisquer truques de luz que você tenha usado podem ter assustado Donny e Ray — disse ele —, mas eles não me assustam. — Ele puxou um crucifixo de prata por baixo da camisa sob medida e o deixou cair para Fiona ver. — Eu ouvi as histórias sobre as bruxas de Black Bayou e sua besteira mágica. — Ele pegou o queixo de Fiona na mão e apertou. — Mas eu não caio nessa. Você é apenas mais uma vagabunda inútil que não quer pagar suas dívidas.

Ele olhou para os seios de Fiona e sorriu. — Talvez os rapazes e eu possamos perdoar os juros que você deve em troca de você e da outra putinha aqui.

Hector virou-se para os dois homens que estavam com ele. Ambos eram nativos, usavam ternos bonitos e tinham cabelos longos e pretos presos em rabos de cavalo. Um tinha um rosto marcado pela acne e não conseguia tirar os olhos de Melanie. — Eu vou foder a loira — disse ele com um sorriso enquanto lambia seus lábios carnudos. — E você, irmão? — ele perguntou ao jovem que trancara a porta. — Você que provar uma boceta loira hoje à noite?

— Qualquer boceta a qualquer momento — respondeu o jovem, empurrando Fiona para o lado e agarrando Melanie. Ela gritou e começou a lutar contra o homem, que a deu um tapa. — Fica quieta, vadia, ou eu não vou pegar leve com você.

— Deixe minha sobrinha em paz — gritou Fiona e tentou alcançar Melanie.

Hector agarrou Fiona e a puxou para longe da adolescente assustada e chorosa. — Levem a putinha lá para cima e façam o que quiserem com ela, então — disse Hector —, enquanto a Sra. Clegg e eu terminamos nossos negócios aqui.

Ele sorriu enquanto acenava com a cabeça em direção à porta do apartamento. — Se ela ainda estiver apertadinha quando vocês terminarem com ela — disse ele com uma risada zombeteira —, talvez eu também a experimente, depois que terminar com a boceta velha e seca dessa ruiva.

Fiona lutou para se soltar das mãos fortes de Hector. — Me larga, filho da puta — ela gritou enquanto lutava. — Eu vou matar todos vocês se vocês machucarem a Melanie.

Melanie gritava e lutava também. Lágrimas corriam por suas bochechas e se misturavam com o sangue escorrendo do nariz causado pelo violento tapa do outro. — Eu não vou machucar ela — disse ele. — Eu só vou encher essa bucetinha loira de pau Comanche. — Ele rasgou o vestido de Melanie para longe dos seios e riu. — Ela vai gostar.

— Eu vou foder sua bundinha apertada — o outro homem zombou. — Isso provavelmente vai machucar.

Hector riu enquanto arrastava Fiona para o caixa com a arma na cabeça dela. — Esvazie o caixa, vadia — ele sussurrou no ouvido de Fiona. — E então você e eu podemos nos divertir naquele sofá antigo ali. — Ele acenou com a cabeça para o sofá de veludo verde da sala de estar da casa de Lourdes.

14

O coração de Fiona disparou quando ela ouviu o grito desesperado de Melanie vindo da escada.

— Você pode acabar com isso, madame DuBois — Fiona ouviu uma voz feminina com sotaque francês sussurrar em sua cabeça. — Você tem o poder dentro de você para acabar com essa atrocidade.

— Como? — Fiona perguntou em voz alta.

— Você está zombando de mim com essa besteira de "como", vadia? — Hector exigiu enquanto sacudia Fiona e a encarava com olhos estreitos e cheios de ódio. — Este não é um velho oeste, e eu não sou um índio de loja de charutos para ser ridicularizado por lixo do pântano como você. — Suas unhas cravaram no braço de Fiona. — Agora abra este caixa e conte o dinheiro.

— Você sabe como extrair o poder dele e parar seu coração maligno — disse a voz feminina, na forma de Annabella Rubidoux Lourdes, materializada na frente de Fiona. — Acalme-se e chame o poder dele - essa força vital que é desperdiçada nele - para dentro de você. Você é uma bruxa da família Rubidoux, e você pode fazer isso, madame — Annabella sussurrou com um sorriso malicioso no rosto bonito.

— Anda logo, sua vadia — Hector gritou e empurrou Fiona

de encontro ao balcão com tanta força que sacudiu a louça. — Ouvir os meninos lá em cima com aquela putinha gritando me deixou duro como pedra. — Ele riu e esfregou sua virilha rígida nas costas de Fiona.

Fiona estremeceu ao ouvir os gritos de Melanie. Ela ouviu os latidos furiosos de Poppy antes de ela gritar e depois ficar em silêncio. Fiona fechou os olhos, imaginando o que poderia ter acontecido com a doce cachorrinha e como isso quebraria o coração de Melanie por perdê-la. — Você pode se mostrar para a Melanie? — Fiona perguntou para Annabella. — Ela é muito melhor nisso do que eu.

— Eu vou — disse Annabella enquanto desaparecia da vista de Fiona. — Reúna sua força e acabe com este porco, madame.

Hector riu. — Não se preocupe, querida, pretendo mostrar a vocês duas tudo o que tenho, e depois serei o juiz de qual de vocês é melhor. — Ele empurrou Fiona novamente. — Mas tenho que atender primeiro aos negócios da empresa. Abra o maldito caixa e me dê o dinheiro que você nos deve. — Ele estendeu a mão ao redor dela e começou a apertar o peito de Fiona. — Aposto que você tem um cofre aqui em algum lugar também. Vou precisar que você abra esse também.

Fiona fechou os olhos e canalizou seu poder para tocar a força vital que emanava de Hector. Era maior e mais vibrante do que a força de qualquer pequena criatura que Fiona já se aventurara a tentar tocar. O calor dela quase a queimou quando ela a agarrou e começou a atraí-la para ela.

Fiona sentiu o aperto dele sobre ela enfraquecer, e ela atraiu cada vez mais o poder do homem para ela. Era possível pegar demais?

Fiona estremeceu quando ouviu outro grito de Melanie enquanto a menina gritava por Poppy. Ela não se importava se atrair muito do homem para ela poderia ser perigoso. Ela tinha que ajudar Melanie a sair dessa bagunça. A garota era sua responsabilidade. Ela respirou fundo fisicamente enquanto retirava a força da vida do homem que estava atrás dela.

Hector soltou Fiona, tossiu e engasgou enquanto sua força vital era retirada dele. Ela sentiu o coração do homem começar a vibrar em seu peito. Ela sorriu, empurrou Hector para trás com os cotovelos e se virou para encarar o rosto pálido do homem ofegante no chão. — O que você acha dessa besteira mágica agora, seu filho da puta?

— Puta — Hector cuspiu enquanto seu coração desacelerava, seus olhos fixos nela, e ele dava seu último suspiro.

Fiona sentiu-se revigorada. Ela correu para as escadas e subiu dois degraus de cada vez até que irrompeu pela porta e entrou no apartamento. Um dos homens estava com Melanie chutando e gritando na cama enquanto o outro homem vasculhava os armários da cozinha de Fiona.

— Saia de perto dela! — Fiona gritou e estendeu a mão com sua nova habilidade para agarrar a força vital do homem.

— Me ajuda, tia Fiona! — Melanie implorou enquanto lutava contra o homem em cima dela, arranhando seu rosto cheio de cicatrizes e o chutando com as pernas nuas.

— Annabella veio até você, Mel?

— A criança não pode me ver ou me ouvir. Ela está assustada demais para se concentrar, madame — a voz de Annabella sussurrou na cabeça de Fiona. — Você deve fazer isso para salvá-la.

— Estou aqui, Melanie — Fiona chamou a sobrinha que chorava.

Melanie deu um tapa e arranhou o homem que rasgava suas roupas e passava as mãos por seu corpo. — Tira ele de cima de mim, tia Fiona — implorou Melanie e virou a cabeça para encarar o chão ao lado da cama. — Eles machucaram a Poppy.

— O que diabos você está fazendo aqui em cima? — o homem que estivera olhando pelos armários dela exigiu enquanto dava um passo em sua direção. — Onde está Hector?

Fiona virou a cabeça para encarar o jovem, mas tudo que ela podia ver era o brilho brilhante de sua força vital vibrante. Ele deu outro passo em direção a Fiona, e ela se agarrou ao brilho incandescente, puxando-o para si com toda a força. Ela sugou a energia dele para ela da mesma maneira que um viciado sugava o pó branco através de uma nota de dólar enrolada.

O poder que entrava em Fiona era intoxicante. Ela nunca havia experimentado tanta adrenalina.

— Seja cautelosa, madame — Annabella a advertiu com uma risadinha —, tomar poder dessa maneira pode ser viciante.

— Isso pode me matar?

— Não, mas você pode descobrir que não poderá viver sem experimentar isso de novo.

— Está tudo bem por mim — disse Fiona e chamou as forças da vida de ambos os homens ao mesmo tempo. Alguém poderia cheirar cocaína pelas duas narinas ao mesmo tempo?

Cores brilhantes explodiram atrás dos olhos de Fiona e giraram em seu cérebro. A adrenalina sumiu abruptamente quando Melanie gritou chamando por ela. Fiona abriu os olhos e viu a jovem empurrando o corpo do homem com cicatrizes para longe dela e descendo da cama em um monte de sedas e rendas rasgadas. — Eu tenho que ajudar Poppy — a garota gemeu enquanto se arrastava para pegar o corpo peludo da pequena cachorrinha em seus braços.

— Empreste parte da vida desses homens à pequena criatura — Annabella sussurrou — antes que seu coração pare.

Fiona estendeu a mão para encontrar o batimento cardíaco de Poppy. Seu coração doeu ao sentir a dor latejante da cachorrinha. Ela respirou fundo, depois encontrou e reparou as costelas quebradas da cachorrinha. Ela usou sua força vital para fortalecer a pequena criatura. Poppy respirou fundo, cambaleou até ficar de pé e caminhou até Melanie, que a pegou nos braços. — Obrigada, tia Fiona — a menina soluçou enquanto segurava a pequena bola de pelo no peito. — Você salvou minha Poppy... de novo.

A forma de Annabella estava olhando para Melanie com uma carranca no rosto bonito. — É triste — disse ela em um sussurro de sotaque forte. — Esse era o meu vestido favorito. Pensei que nunca mais fosse vê-lo. — A forma de Annabella se solidificou e ela se inclinou para ajudar Melanie com Poppy nos braços a ficar de pé. — Você estava tão adorável nele, mademoiselle — disse ela enquanto beijava a bochecha manchada de lágrimas e machucada de Melanie. — Eu usei esse vestido no dia em que Matthias e eu nos casamos.

Melanie engoliu em seco quando a aparição desapareceu e Fiona correu para o lado dela. — Você está machucada? — ela perguntou e colocou os braços em volta da adolescente trêmula. — Ele...? — Fiona não conseguia fazer sair as palavras que queria dizer.

— Me estuprou? — Melanie murmurou. — Não, ele continuou falando sobre isso, mas foi só. — Ela olhou ao redor da sala e viu o outro homem caído no chão. — O que você fez, tia Fiona?

— Eu não tenho certeza — disse ela em voz baixa enquanto ia com Melanie em direção ao banheiro. — Tome um banho e se acalme, Mel.

— Eu não deveria tomar banho — Melanie protestou enquanto ficava de pé abraçando a cachorrinha trêmula. — A polícia pode precisar recolher provas do meu corpo.

Fiona sorriu. — Você assiste a programas policiais demais, menina. — Fiona empurrou a garota em direção ao banheiro. — Tome um banho enquanto eu me troco, e depois eu vou ligar para Charlie.

Melanie passou os braços em volta de Fiona. — Foi um dia muito bom até que isso aconteceu, tia Fiona. Um dia muito bom.

Fiona começou a sentir-se saindo do seu estado eufórico por ter tomado as forças vitais dos três homens. Ela havia se drogado algumas vezes quando era mais jovem e se lembrava da sensação letárgica depois de horas com as drogas correndo pelo seu sistema. Isso era igual, mas diferente. De repente, ela se sentiu vazia, e seu corpo começou a ceder nos braços de Melanie.

— O que foi, Fi? — a garota perguntou com uma voz desesperada. — Você está bem?

Fiona esfregou as têmporas e respirou fundo enquanto

Melanie a ajudava a se sentar. — Acho que tudo isso e o dia agitado finalmente me atingiram. — Ela sorriu para a garota preocupada. — Vire-se e deixe-me tirar você desse espartilho para que você possa tomar banho.

— Posso soltar o espartilho na frente — disse Melanie —, mas vou precisar de ajuda com todo o resto. — Ela levantou um braço com o vestido rasgado pendurado dele em uma confusão de seda e renda.

Fiona ajudou a garota a escapar do emaranhado de tecido e o jogou de lado. Melanie tomou banho enquanto Fiona se despia e vestia uma confortável camiseta de algodão na altura dos joelhos. Ela pôde respirar mais facilmente sem o espartilho apertado e se serviu de um copo de vinho muito necessário.

Fiona discou o número de Charlie e se perguntou como ela iria explicar os três cadáveres.

— Ei, Fiona — Charlie respondeu com uma voz sonolenta. Ela olhou para o relógio e suspirou - era quase meia-noite.

— Desculpe incomodá-lo tão tarde, Charlie, mas tivemos alguns problemas por aqui novamente.

— Aqueles mesmos índios filhos da puta?

— Sim — disse Fiona com um suspiro. — Eles apareceram quando Mel e eu estávamos fechando. Eles tinham armas e queriam o dinheiro que tinhamos no caixa.

— Eu já vou — disse ele, e Fiona podia ouvi-lo se movendo para se vestir. — Eles machucaram você? Você e a menina estão bem?

Fiona não sabia o que dizer. Como ela poderia explicar as coisas de uma maneira que Charlie iria entender?

— Aquele Hector ficou com a arma apontada para mim — disse Fiona — enquanto seus dois capangas arrastavam a pobre Melanie escada acima para...

— Ai, meu senhor — ela o ouviu sibilar em desespero. — Ligue para a polícia, Fi — Charlie disse a ela em uma voz autoritária —, se você ainda não o fez. Vou ligar para Rex, e estaremos aí para dar cabo desses filhos da puta de uma vez por todas. —

Ele desligou antes que ela pudesse lhe dizer que já havia dado cabo dos filhos da puta, e Fiona ligou para a polícia.

Ela também ligou para Julia para contar o que havia acontecido. Para a Alta Sacerdotisa do clã DuBois, Fiona podia explicar tudo.

— Vou buscar a mamãe — disse Julia — e nós vamos logo até aí. A Mel está bem?

— Tão bem quanto uma garota de quatorze anos que foi agredida sexualmente pode estar, suponho — disse Fiona. — Ela está tomando banho, mas acho que ela provavelmente vai precisar dos braços amorosos de sua avó e tia agora.

— Estaremos aí em alguns minutos — disse Julia e desligou.

Dentro de uma hora, a Pão da Vida estava cheia novamente com policiais, atendentes de ambulâncias e a família de Fiona.

Melanie chorava e segurava Poppy contra o peito enquanto contava e recontava sua história primeiro para a polícia, depois para Charlie e Rex e, finalmente, para sua avó e Julia.

— Sinto muito, tia Ruby — disse Fiona à tia aflita. — Eu nunca quis que Mel passasse por nada disso. Ela é uma criança tão boa.

Ruby apertou a mão de Fiona. — Melanie quer mais do que tudo liderar o coven dos DuBois algum dia, e você a salvou daquele homem que teria tirado a virgindade dela e acabado com o sonho dela, querida. — Ruby abraçou Fiona. — Eu nunca poderei te agradecer o suficiente por isso.

— Melanie é uma ótima professora e será uma grande sacerdotisa algum dia — disse Fiona à tia.

Fiona não entendia bem o porquê, mas para que uma mulher fosse iniciada como a Alta Sacerdotisa de um coven, ela precisava ter sua virgindade intacta.

Ruby olhou para o retrato de Anabella Rubidoux. — Julia me disse que ela ajudou você a derrotar aqueles homens hoje à noite.

Fiona assentiu. — Ajudou, sim. Ela me lembrou que Melanie estivera me ensinando tudo o que eu precisava saber. Eu só tinha que usar o poder já dentro de mim para derrotá-los.

Ruby balançou a cabeça branca. — Nunca pensei que veria o dia — disse a velha —, em que deveria a sobrevivência do meu clã DuBois a uma bruxa Rubidoux.

O legista desceu as escadas seguido pelos atendentes carregando grandes plásticos pretos que continham os corpos. Ele se aproximou de Charlie e deu de ombros. — Eu não sei dizer o que matou esses homens, Charlie. Eles não parecem ter nenhuma marca neles além daqueles arranhões e machucados infligidos pelas mulheres enquanto combatiam seus ataques. — Seus olhos voaram para Fiona. — Vou ter uma ideia melhor depois de abri-los — disse o médico. — Vou enviar meu relatório quando tiver.

— Obrigado, doutor — Charlie disse ao homem.

Fiona sabia que o médico legista era um residente de longa data de St. Elizabeth e ouvira histórias sobre as bruxas de Black Bayou a vida toda. Ela se perguntou qual a causa da morte que ele colocaria em seu relatório para explicar uma morte por encontro com uma bruxa irritada. Fiona sorriu para si mesma enquanto observava os homens e os corpos deixarem sua loja.

— Pelo menos eu nunca vou ter que pôr os olhos naqueles filhos da puta desagradáveis novamente — Fiona murmurou baixinho.

— Não se esqueça de que eles morreram aqui, querida — Ruby disse quando ouviu as palavras de Fiona. — Eles podem muito bem ficar aqui neste edifício por toda a eternidade.

Fiona revirou os olhos. — Mas que sorte a minha isso seria. — Ela se moveu em direção à área do balcão. — Eu preciso de um chá de camomila. Alguém mais quer um pouco?

Todas as mulheres queriam chá, mas Charlie e Rex pediram café. Fiona balançou a cabeça. — Eu não sei como vocês conseguem dormir à noite quando tomam café tão tarde.

— Eu não sei como você vai dormir hoje à noite — Julia sussurrou no ouvido de Fiona. — Você está praticamente brilhando com todo aquele poder que você sugou daqueles filhos da puta. — A jovem líder do clã pegou xícaras e pires para o chá. — Como foi isso?

Fiona lembrou-se da adrenalina e das explosões de cores atrás dos olhos. Como ela poderia colocar isso em palavras? — Como uma viagem de ácido — ela finalmente disse. — Não é algo que eu acho que queira tentar novamente.

Julia arqueou uma sobrancelha. — Drogas pesadas podem ser viciantes.

— Assim me disseram — disse Fiona, olhando para o retrato de Annabella.

Enquanto se sentavam para tomar chá, a sineta tocou e Fiona virou a cabeça para ver o Sr. Bascombe entrar na Pão da Vida. Ela se perguntou o que diabos ele estava fazendo lá aquela hora.

— Vi luzes da polícia do meu quarto do outro lado da rua — disse ele em resposta à pergunta mental de Fiona. — Espero que nada esteja errado.

— Nada que não possa ser resolvido com uma xícara de chá — disse Fiona com um sorriso convidativo. — Você gostaria de se juntar a nós?

Bascombe olhou para as mulheres sentadas ao redor da mesa e sorriu. — Não se importem se eu o fizer. — Ele puxou uma cadeira e sentou-se. — Mas eu preferiria Earl Grey a camomila, se você tiver.

— É claro que temos Earl Grey — disse Melanie enquanto se levantava. — Eu pego, tia Fiona. Você já passou pelo suficiente por um dia. — A adolescente se afastou da mesa e Fiona sorriu.

Ela estava maravilhada com a capacidade da garota de se recuperar tão rapidamente do que passara.

15

O publicitário tomou um gole do chá enquanto ouvia Fiona contar sua história.

— Eu não sei o que aconteceu — disse Fiona com um encolher de ombros —, ele simplesmente caiu de cima mim. Ouvi Mel gritando lá de cima e sabia que precisava chegar até ela de alguma forma. — Ela olhou para o retrato acima da mesa de Lourdes e sorriu. — Acho que ela me deu a força que eu precisava para subir aquelas escadas. — Fiona sorriu e piscou para Melanie. — Nós estávamos vestindo as roupas dela, afinal.

Bascombe tomou um gole de sua xícara de Earl Grey e também olhou para o retrato. Fiona pôde sentir uma mudança na energia da sala. Ela tornara-se negativa, e algo sobre ela parecia estranhamente familiar a Fiona.

O publicitário colocou sua xícara na mesa. Seu rosto havia ficado vermelho e ele se levantou enquanto olhava o retrato de Annabella.

— Eu sei o que todas vocês são — ele rosnou enquanto seus olhos encontravam os de cada mulher na mesa. — Vocês são todas bruxas como ela. — Ele apontou para o retrato. — Eu acabei com ela três séculos atrás antes que ela pudesse trazer aquele pirralho miserável para o mundo, e vou acabar com todas vocês agora.

Melanie arfou e agarrou a mão da avó.

Rex também ficou de pé e encarou o cara alto e magro. — Que diabos, cara — o delegado exigiu. — Essas mulheres não foram nada além de boas com você. Você não tem motivo para fazer ameaças assim.

Os olhos de Bascombe assumiram um brilho sobrenatural enquanto ele arrancava a jaqueta e rasgava a camisa. Botões saltaram sobre a mesa. — Eu tenho todos os motivos, homenzinho — Bascombe rosnou enquanto sua voz assumia um tom mais profundo.

Charlie puxou Rex de volta para sua cadeira quando Bascombe começou a se transformar. Os cabelos compridos em sua cabeça ficaram mais longos e mais grossos, as feições afiadas de seu rosto ficaram mais nítidas enquanto se alongavam em um focinho de lábios finos com presas afiadas. Sua camisa e calça se abriram e caíram no chão enquanto seu corpo crescia e se contorcia na forma de uma criatura de um antigo filme de terror de Hollywood.

— É um maldito lobisomem — Rex ofegou e caiu de seu assento, lutando para se afastar da mesa e da criatura em que Bascombe havia se transformado. — Mas não é lua cheia — disse Rex, olhando para a escuridão. — Eu pensei que lobisomens só mudassem durante a lua cheia.

Bascombe deu uma risada estranha. — Isso é apenas em filmes idiotas — disse ele. — A atração é mais forte durante a lua cheia, sim, mas depois de três séculos, posso mudar à vontade. — A voz da criatura era mais profunda e rouca, mas Fiona ainda podia reconhecer Bascombe nela.

Ruby estava de pé em pernas instáveis. — Ele sofreu a maldição de Loup-Garroux — disse ela. — E ele provou sangue humano, então a maldição não pode ser revertida.

O animal que era Bascombe olhou para a velha. — Quando eu acordei com a fome — disse ele em sua voz desumana e rouca

—, ela havia me trancado em um quarto com minha irmãzinha. — Ele olhou para o retrato de Annabella. — Ela era uma vadia vingativa, e foi minha pobre e doce Daphne que sofreu uma morte horrível em minhas mãos.

— Mas por que? — Melanie perguntou com os olhos arregalados.

— Porque eu me atrevi a amar alguém que ela amava e queria para si mesma — ele rosnou com seus lábios finos e negros se contorcendo em um sorriso, mostrando suas longas presas — e Annabella nunca foi de compartilhar seus brinquedos.

— Mas por que fazer isso com sua irmã? — Melanie persistiu com sua pergunta.

— Daphne era a melhor amiga de Annabella. Ela esperava que Daphne me convencesse a me afastar da pessoa que ela queria, mas minha irmã sabia que eu amava aquela pessoa e nunca me negaria minha felicidade.

Melanie olhou para o retrato. — E você matou a ela e seu pobre bebê?

— Ambos eram pragas da humanidade — Bascombe uivou em uma hedionda risada. — Coloquei poejo no seu copo e a forcei a um parto prematuro, e quando a parteira saiu da sala, usei uma lâmina fina e afiada da bolsa da própria bruxa para perfurar o útero da cadela, para que ela sangrasse até a morte enquanto paria a criança.

Bascombe deu um passo em direção à mesa. — Agora vou salvar o mundo de todas vocês também — ele rugiu, arreganhou as presas e levantou as mãos para que todos ao redor da mesa pudessem ver as garras afiadas e negras nas extremidades de seus dedos peludos e deformados. — É meu dever livrar o mundo de pessoas como vocês.

— Mas nós somos DuBois — disse Melanie. — Nós não somos Rubidoux. Os Rubidoux e sua ilha se foram.

Bascombe apontou para Fiona. — Ela é Rubidoux — ele sussurrou, — e ela tirou a vida dos homens com sua bruxaria vil. — Ele deu um passo em direção a Fiona. — Ela deve morrer.

Quando Bascombe recuou a mão para golpeá-la, o sino da porta soou.

— Pare com isso, Pierre — exigiu uma voz masculina. — Não há utilidade nesta vingança ridícula.

Todos se viraram para ver Marcus Lourdes caminhando na direção deles, a pele pálida brilhando sob a iluminação do teto.

— Matthias — Bascombe ofegou ao ver Lourdes. Ele uivou quando a mudança tomou conta dele. Os cabelos caíram, seu rosto voltou ao humano e seu corpo voltou às proporções normais. Nu, ele se virou para atravessar a sala e pegar o homem em seus braços e beijar sua boca. — Eu devo terminar isso, Matthias. Devemos livrar o mundo de abominações como essas bruxas que causaram tanta destruição e dor sobre nós.

Melanie agarrou a mão de Fiona. — Ele é o Pierre de "Tons da Noite", tia Fiona. Ele é o lobisomem gay que estava apaixonado pelo homem que a bruxa amava. — Os olhos dela se arregalaram. — O Senhor Lourdes deve ter sido seu amante. — Melanie torceu o nariz enquanto olhava para o escritor de cabelos brancos abraçado pela criatura magra com cabelos longos e oleosos e orelhas grandes que Bascombe se tornara mais uma vez. — Eca, nojento — lamentou a adolescente. — Esse Bascombe não é nem de longe tão bonito quanto o Pierre que Lourdes descreveu em "Tons da Noite".

Fiona sorriu para a garota. — Isso se chama licença criativa — disse ela —, e a maioria das pessoas vê as pessoas que ama de uma maneira muito melhor do que outras no mundo podem vê-las.

Charlie levantou-se, sacou sua arma e apontou para Lourdes e Bascombe. — Acho que é hora de acabar com esses dois malditos, sejam eles o que forem.

Fiona o deteve com a mão no braço dele. — Não, Charlie — disse ela em uma voz suave. — Deixe que eles tenham o seu momento. Se as coisas derem errado com Bascombe, podemos lidar com isso. — Ela meneou a cabeça para as outras mulheres ao redor da mesa.

— E como diabos vocês vão lidar com aquela coisa se ele se transformar de novo? — Charlie exigiu, balançando a arma na direção de Bascombe.

— Da mesma maneira que ela lidou com os homens de pele vermelha hoje à noite — disse a voz de Annabella enquanto se materializava com o bebê nos braços.

Charlie olhou de Fiona para Annabella, ofegou ao ver a aparição e largou a arma. Com um suspiro suave, ele caiu de volta na cadeira.

— Senhora — disse Rex e inclinou o chapéu para Annabella. Ele checou o pescoço de Charlie com dois dedos procurando por seu pulso. — Desmaiou — ele disse com um sorriso enquanto olhava para a linda fantasma e seu filho, e depois para Bascombe e Lourdes. — Mas quem poderia culpá-lo depois da noite que tivemos?

— Quem, de fato — Annabella respondeu com um sorriso doce.

— Por que você colocou a maldição de vampiro no Sr. Lourdes se o amava? — Melanie perguntou.

— Você é curiosa — disse Annabella. — Não foi minha maldição. Foi o meu pai, Arthur Rubidoux. Ele odiava Matthias, mas não o matou por minha causa. Ao invés disso, ele o amaldiçoou a viver para sempre e a beber sangue humano.

Os olhos de Melanie se arregalaram quando ela olhou para a criança silenciosa no ombro de Annabella. — Mas como você ficou grávida de um vampiro? Não achei que os mortos-vivos pudessem se reproduzir. — A adolescente pensou por um minuto. — Ou é como em "Crepúsculo"?

— Os mortos-vivos como o meu Matthias não podem conceber filhos — ela respondeu e acariciou a cabeça sedosa de seu bebê adormecido. — Matthias me engravidou antes de nos casarmos e meu pai colocar sua maldição sobre ele.

Annabella estudou Julia por um momento e sorriu. — Seu homem é um lobo, não?

Os olhos de Julia se arregalaram. — Dalton foi amaldiçoado

— disse ela —, mas o clã conseguiu reverter antes que ele se transformasse novamente ou matasse alguém na forma da besta.

— Algumas partes da maldição são irreversíveis — compartilhou a aparição. — O corpo de uma mulher humana responde ao seu amante lobo produzindo vários óvulos. — Ela tocou sua barriga. — Para que elas possam produzir uma ninhada, em vez de um único filhote para o companheiro.

Julia agarrou sua barriga. — Você está tentando dizer que tenho mais de um bebê aqui neste momento?

Annabella sorriu. — Sinto três ou quatro filhotes dentro do seu ventre, madame DuBois. — Ela riu e olhou para Ruby. — Mas talvez a avó DuBois possa dizer melhor. Ela possui um dom forte para ler auras.

— Mãe? — Julia perguntou, virando-se para Ruby.

Ruby soltou um longo suspiro. — Eu senti mais de um feto em seu ventre desde que você me disse que estava grávida, mas eu não sabia exatamente quantos.

— Você sabe dizer agora? — Julia ofegou com as bochechas ficando vermelhas.

Ruby estendeu a mão, a colocou no abdômen da filha e fechou os olhos em concentração. Depois de alguns minutos, seu rosto se iluminou com um sorriso caloroso. — Quatro — ela murmurou. — Duas meninas e dois meninos.

Os olhos de Julia se arregalaram. — Deusa, me proteja — ela gemeu. — O que eu vou fazer com mais quatro bebês?

Rex riu. — Parece que você e o delegado precisam desacelerar um pouco.

— Não — disse a pequena loira —, parece que o delegado vai ter que fazer uma maldita vasectomia.

— Ai — Charlie disse com um sorriso e colocou a mão sobre a virilha.

— Ai está certo — Julia brincou com a mão no abdômen. — Sou eu quem tem que dar à luz quatro bebês e já tenho três em casa.

O bebê de Annabella se inquietou em seu ombro, e a

aparição o acalmou com um tapinha gentil. — Você é uma mulher de sorte — disse ela a Julia. — Eu seguro meu filho agora — ela suspirou com um olhar malévolo para Bascombe do outro lado da sala, em pé com Lourdes —, mas ele nunca respirou em vida, e seu pai nunca pôde segurar seu corpo vivo. Essas alegrias foram roubadas de nós por um homem ciumento. — Seu bebê soltou um grito fraco, e Annabella sumiu de vista quando os raios cortaram o céu lá fora e os trovões soaram por Black Bayou.

— Nunca subestime uma mulher desprezada — disse Rex com os olhos correndo ao redor da sala em busca de Annabella.

Lourdes e Bascombe se juntaram a eles à mesa. Bascombe embrulhou seu corpo magro em uma das toalhas de mesa roxas. — Por favor, perdoem minha explosão anterior, madames — ele implorou. — Matthias me explicou as diferenças entre as bruxas DuBois e Rubidoux, e eu imploro seu perdão.

Ele se esforçou para vestir a camisa arruinada e Lourdes o ajudou com a jaqueta. As calças estavam completamente arruinadas, e ele nem tentou vesti-las.

— Devolverei isso para você amanhã — disse ele a Fiona, indicando o pano roxo em volta da cintura. — Vou deixar vocês tomarem seu chá agora e voltar para o meu hotel. — Bascombe pegou as calças arruinadas, colocou os sapatos descartados nos pés descalços, beijou Lourdes e caminhou para a noite escura onde a chuva começava a cair mais uma vez.

— Esse é um homem estranho — disse Rex e esvaziou sua xícara.

— Você acha? — Charlie disse com a testa franzida. — Ele é um maldito lobisomem. Quanto mais estranho dá pra ficar?

— Tenham alguma compaixão, senhores — Ruby retrucou aos policiais. — O homem carrega uma maldição horrível.

— E ele a carrega há mais de trezentos anos — Lourdes suspirou e virou-se para Fiona. — Posso incomodá-la por um pouco de chá, madame?

Fiona ficou de pé. — É claro — disse ela com as bochechas ficando vermelhas. — Eu sinto muito. — Ela se virou para Melanie. — Mel, se você estiver recuperada, você pode vir comigo para fazer chá fresco e trazer café de volta para os rapazes?

— Claro, tia Fiona — a menina disse com um sorriso e se levantou para segui-la até o balcão. — Vou trazer o café logo — ela disse a Rex e Charlie.

— E eu gostaria de algo doce se você tiver alguma coisa — disse Rex com um sorriso envergonhado.

Charlie bufou e balançou a cabeça.

— O que? — Rex se defendeu com um encolher de ombros. — Já passou da uma da manhã e eu estou com fome. Você não pode dizer a um homem que há lobisomens de verdade por aí, mulheres bruxas que podem matar um homem com um pensamento, mulheres fantasmas com bebês e — seus olhos brilharam em Lourdes —, merdas de vampiros, e depois esperar que ele se sente aqui com estômago vazio.

— Suponho que é muito para um homem moderno aceitar quando fizemos o possível para transformá-los todos em criaturas de ficção — disse Lourdes enquanto olhava para o retrato de Annabella. — Na minha época, essas eram coisas que sabíamos serem verdadeiras e aceitas.

Ele foi até sua mesa, viu a foto emoldurada e a pegou. Ele sorriu. — Jonathan era um bom homem — disse ele. — Éramos muito bons amigos, e eu também quase dei o presente a ele.

— Eu achava que ele era um ator maravilhoso — Ruby disse com um pouco de cor nas bochechas.

— Ele era — disse Lourdes —, mas, infelizmente, ele não possuía a boa aparência necessária para uma carreira de sucesso em Hollywood e nunca pôde fazer mais do que uma novela de segunda classe sobre vampiros que a emissora nunca imaginou que fosse dar certo.

— Mas deu — Ruby disse alegremente. — Todos nós a adorávamos aqui em baixo.

Lourdes sorriu e voltou para a mesa. — Sim, deu — disse ele. — Estávamos enlouquecendo, tentando adicionar coisas à história que pensávamos que os censores aceitariam.

— E os fundamentalistas? — Julia acrescentou com um sorriso.

Lourdes revirou os olhos. — Você não tem nem ideia, madame. — Ele pegou a xícara de chá que Fiona trouxe e tomou um gole. — Obrigado, madame. A chuva trouxe um pouco de frio com ela.

— Eu não achei que os vampiros pudessem sentir frio — interrompeu Rex.

— Sinto calor e frio como qualquer outra pessoa — disse Lourdes.

— E quanto a presas? — Rex disse ansiosamente. — Elas são caninos alongados como os de Drácula ou aquelas que descem como dos vampiros de Bon Temps?

Lourdes sorriu e afastou o lábio superior para permitir que Rex visse seus caninos aumentarem e deslizarem para fora de suas gengivas pálidas. — Um pouco dos dois, suponho que você possa dizer.

— E cruzes? As cruzes te machucam? Ou prata? — Rex persistiu.

— Eu não sou uma criatura de Satanás — Lourdes disse com um suspiro —, então, não, cruzes não têm efeito sobre mim. A prata irrita minha pele, assim como a luz solar direta, mas sofria dessas alergias antes de ser amaldiçoado. Foi algo que sugeri a Stoker enquanto ele escrevia sua história para dar a seu personagem algumas fraquezas.

Os olhos de Fiona se arregalaram. — Você conheceu Bram Stoker?

— Estou vivo há muito tempo e sempre fui escritor, madame — disse Lourdes com um sorriso. — Eu entrei no círculo dos bêbados irlandeses enquanto estava em Londres. Ele estava escrevendo sua história com base no louco príncipe romeno, e eu simplesmente ofereci algumas coisas que pensei que poderiam desenvolver um pouco o seu personagem original bem sem-graça.

— Uau — Melanie arfou —, você conheceu Anne Rice e Charlaine Harris também?

— Muito bem, na verdade. Nós escritores de gênero tendemos a ficar juntos. — Ele sorriu para a adolescente. — Fomos a muitas das mesmas conferências e convenções de escritores.

— Eu escrevi um livro — Ruby disse com um sorriso tímido.

Lourdes sorriu. — Eu o li.

Fiona observou o rosto da tia começar a brilhar com orgulho.

— Você leu? — a mulher mais velha perguntou.

— Gostei muito — disse ele. — Você capturou o sabor dos tempos nesta área esplendidamente, madame. — Ele sorriu para Ruby. — Você deveria escrever outro sobre aquele personagem horrível, o Tremball. Ele poderia ser um antagonista fascinante.

Ruby sorriu. — Minha sobrinha Kelly e eu conversamos sobre fazer exatamente isso.

Julia se mexeu na cadeira. — A mãe ficará muito ocupada em mais alguns meses. Ela não terá tempo para escrever livros.

Lourdes virou-se para Fiona. — Pierre me disse que você encontrou meu laptop e o manuscrito em minha casa.

— Sim — disse ela com um olhar desconfortável para a mesa e o retrato de Annabella. — Nós pensamos que você estava...

— Mas vocês não acreditaram realmente, não é? — Ele sorriu e abaixou as presas. — Vocês tinham suas suspeitas sobre a minha... minha condição, não tinham?

— Nós tínhamos — Fiona suspirou. — Bascombe pediu sua mesa e cadeira — disse ela enquanto estudava o autor. — Por favor, leve tudo. Posso arrumar tudo e prepará-las para enviar, se...

— Não há necessidade — ele suspirou e acenou com a mão pálida enquanto olhava para o rosto de Annabella. — Estou feliz que tudo fique aqui com ela. — Ele tomou um gole de uma das xícaras de porcelana que Fiona havia trazido de sua casa. — Estou feliz que você pôde resgatar tanto quanto o fez antes da antiga casa cair.

— Tia Fiona terminou seu livro — disse Melanie a Lourdes. — É muito bom.

O autor sorriu. — Estou ansioso para lê-lo.

— Eu estou com seus diários, se você quiser levá-los — disse-lhe Fiona.

Lourdes balançou a cabeça novamente. — Eles devem permanecer em St. Elizabeth também. Ficarei contente com minha mesa e cadeira com Pierre em seu apartamento em Nova York.

— Como você pode ficar com esse homem — Melanie deixou escapar, — quando ele matou sua esposa e aquele bebezinho?

Lourdes olhou para o retrato de sua falecida esposa, e um sorriso triste apareceu em seu rosto. — Annabella era o que você chamaria hoje de uma romântica incurável, e eu amava isso nela. Ela passava os dias na ilha lendo poesia e sonhando em escapar de seu pai severo, Arthur Rubidoux.

Fiona pensou em seu pai. Sua avó Carlisle saberia algo sobre o Arthur Rubidoux original? Foi por isso que ela chamara seu filho de Arthur?

— Mas eu pensei que você era gay. — Melanie disse com um rubor nas bochechas.

— Suponho que eles me rotulariam como bissexual nos dias de hoje — disse Lourdes. — Eu posso ser estimulado igualmente por homens e mulheres.

— Ai, meu senhor — Rex gemeu de seu assento do outro lado da mesa.

— Fique quieto — Charlie repreendeu seu parceiro. — Isso é interessante.

Rex pegou outro doce da bandeja que Melanie colocara no centro da mesa e colocou na boca dele.

— Obrigado, Charles — disse Lourdes. — Eu conheci seu avô quando ele era jovem. Ele era um bom homem, e você se parece muito com ele.

Fiona viu o rosto de Charlie brilhar com a menção de seu amado avô. — Obrigado, senhor Lourdes. Meu avô morreu nos anos sessenta. Foi mordido por uma cobra enquanto estava caçando.

— Enquanto eu estava fora em Nova York. — O autor assentiu. — Eu sei.

— Você conhecia alguém da minha família Beauforte ou Ferrier? — Rex perguntou com um sorriso largo.

Lourdes sorriu e piscou para Fiona. — Conheci seu bisavô Herman Beauforte. Ele era um notório contrabandeador de bebidas alcoólicas durante a proibição e trabalhava para um daqueles grupos cubanos impiedosos... Vocês os chamam de cartéis agora, mas eram o mesmo tipo de grupo de assassinos. Acredito que ele se casou com uma das garotas que trabalhava em um dos bares ao longo do rio, não foi? Marlena, acredito que era o nome dela? — O autor assobiou. — Uma belezinha com as pernas até aqui em cima. — Ele passou o dedo pelo peito.

— São eles mesmos — Rex disse, um pouco desanimado —, os pais da minha mãe. Herman era um bastardo sem coração que terminou seus dias na cadeia. Ele espancou a esposa até a morte por traí-lo.

— Isso é estranho — disse Lourdes, sacudindo a cabeça —, porque, pelo que me lembro, Herman deitava com qualquer mulher que abrisse as pernas para ele. Por que ele mataria sua esposa por ter um amante?

— Alguém esfaqueou ele no pátio da prisão — disse Rex. — Mas mamãe amava aquele velho. Jurou até o dia da sua morte que ele fora falsamente acusado pelo assassinato de sua avó.

— Sua mãe também era uma mulher bonita — disse Lourdes com um sorriso. — Eu a vi dançar em um clube em Nova Orleans uma vez. Ela era tão boa quanto a Gypsy Rose Lee quando a vi em Nova York.

— Minha nossa — Ruby disse e colocou a xícara nos lábios para esconder o sorriso.

— Bem — Rex disse com as bochechas profundamente escarlate —, já é tarde. Acho que vou para casa agora. — Ele colocou o chapéu na cabeça e saiu do prédio.

Charlie sorriu para Lourdes quando o homem de cabelos brancos também se levantou para sair. — Já fazia tempo que ninguém mencionava isso. — O delegado esvaziou sua xícara, levantou-se e foi ficar atrás de Fiona. — Acho que é melhor eu ir também. — Ele se inclinou e beijou o topo da cabeça dela.

Melanie levantou-se e ajudou a avó a se levantar. — Você deveria ficar com tia Fiona hoje à noite, Charlie — disse a adolescente, e Ruby arfou.

— O que? — a adolescente perguntou. — Eles são adultos, e o pobre Charlie tem tentado dormir com ela há, tipo, séculos.

— Melanie — Fiona repreendeu com um sorriso envergonhado brincando em seus lábios.

— Apenas leve o pobre homem para o andar de cima e durma com ele logo, tia Fiona. Você já fez o pobre homem sofrer por tempo suficiente — continuou a garota. — A tensão sexual entre vocês dois pode ser cortada com uma faca.

Julia revirou os olhos enquanto pegava Melanie e sua mãe pelos braços e caminhava com elas até a porta. — Foi um grande evento hoje, Fiona. Você deveria fazer mais coisas assim.

— Talvez quando Ruby publicar seu próximo livro — disse Fiona.

— Eu vou te cobrar disso — Ruby gritou em resposta —, e eu vou querer pôsteres e aquela banda também.

— Do que diabos aquela garota estava falando, Fi? — Charlie sussurrou quando as mulheres DuBois deixaram o prédio.

Fiona sorriu para o homem bonito. Ah, dane-se. Ela não estava com vontade de passar a noite sozinha de qualquer maneira. Ela pegou a mão quente dele na dela. O caixa teria que esperar até de manhã. Eles caminharam juntos até a porta, trancaram-na e apagaram as luzes.

— Venha comigo, Charlie — Fiona sussurrou em seu ouvido —, e eu vou te dar um tour de verdade pelo meu apartamento.

Charlie pegou Fiona nos braços e a beijou. — Chegou aquela "próxima vez" que você ficava prometendo?

— Sim — ela disse e o beijou novamente.

16

O toque do telefone despertou Fiona.

Charlie tinha um turno cedo naquele dia e já tinha ido trabalhar. Ela saiu da cama desarrumada para encontrar o telefone. Fiona sorriu para a cama bagunçada e seu apartamento, abarrotado com as coisas de Charlie. Ele havia quase se mudado para morar com ela agora, e Fiona tinha que admitir que nunca estivera tão feliz. O delegado bonito era uma boa companhia, ótimo de papo e uma maravilha na cama.

Ela encontrou o telefone e desejou tomar uma xícara do café que estava na cozinha. Fiona reconheceu o código de área de Nova York, se não o número. — Alô — ela disse e tentou não soar como se tivesse acabado de acordar.

— É a senhora Fiona DuBois? — uma mulher perguntou.

— Isso.

— Se você esperar por um momento, eu vou conectá-la com o Sr. William Firth, da Editora Hardscape.

— Tudo bem — disse Fiona e enxugou o sono dos olhos enquanto enchia uma xícara de café.

— Senhora DuBois — disse uma voz masculina —, aqui é William Firth, editor adjunto da Editora Hardscape.

— Sim? — Fiona disse em um tom incerto. — Como posso ajudá-lo?

Fiona não havia ouvido uma palavra da editora desde que os enviara o manuscrito de Lourdes. Ela se perguntou se eles estavam chateados por ela ter acrescentado os capítulos no final. — Se você está chateado com o que eu adicionei ao manuscrito do Sr. Lourdes, eu entendo perfeitamente — disse ela. — Eu provavelmente não deveria ter feito...

— É exatamente por isso que estou ligando, Sra. DuBois, mas não estamos chateados.

Fiona suspirou aliviada.

— Você é, por acaso, uma autora publicada, Sra. DuBois?

Fiona riu. — Apenas alguns artigos em uma revista da faculdade quando era mais jovem.

— Nenhum conto ou livro então?

— Não — disse Fiona, arqueando a sobrancelha em perplexidade. — Por quê?

— Nós, da Hardscape, estávamos querendo ver outras amostras do seu trabalho.

O coração de Fiona começou a bater um pouco mais rápido no peito. O que a Hardscape iria querer com outras amostras de seu trabalho?

— Você acha que poderia montar um pequeno portfólio de histórias para mim, Sra. DuBois? — Firth disse. — Vamos combinar três ou quatro histórias curtas de cinco a dez mil palavras cada?

— Eu poderia fazer isso — disse Fiona. — Algum gênero em particular?

— Eu sugiro que você vá ao nosso site para ver alguns dos nossos trabalhos publicados. Escreva-me algo de um ou mais dos gêneros encontrados lá, mas a Hardscape também tem vários selos diferentes. Verifique isso também e envie-me uma variedade dos que você se sentir mais confortável em escrever.

— Posso perguntar por quê? — Fiona disse, sentindo-se encorajada.

Firth riu. — Os editores aqui ficaram muito impressionados com os capítulos finais do manuscrito de Lourdes — disse ele —, e achamos que pode haver um lugar para você aqui na Hardscape.

— Estou muito agradecida — disse Fiona com um suspiro. — Obrigada por esta oportunidade.

— O prazer é todo meu. Estamos sempre procurando novos talentos aqui na Hardscape. Posso enviar uma mensagem para você neste número?

— Sim, com certeza.

— Vou enviar uma mensagem de texto com meu endereço de e-mail pessoal e você pode me enviar as histórias em um anexo ou no próprio corpo do e-mail. O departamento de submissões exclui arquivos de documentos não solicitados, e eu não gostaria que seu trabalho se perdesse na confusão eletrônica por aqui.

— Obrigada — disse Fiona. — Vou começar a trabalhar em algo imediatamente.

— Acredito que alguém entrará em contato com você do escritório de administração também — acrescentou. — Eles pretendem adicionar seu nome à capa do livro como colaboradora e lhe dar uma pequena porcentagem dos royalties das vendas do próximo livro de Lourdes.

— Nossa, uau — Fiona engasgou —, eu certamente não esperava por isso.

Firth riu de novo. — Você também estará lidando com Alan Davis, o editor de conteúdo do manuscrito de Lourdes, para reescrever que ele achar que for necessário para o livro.

— Ah, não — ela gemeu.

— Pelo tom da sua voz, suponho que você já tenha feito alguns negócios com ele.

— Isso eu fiz.

— Ele não é o homem mais amigável da Hardscape — disse Firth com uma risada —, mas ele é bom no que faz.

— Vou tentar manter isso em mente.

— Tenha um bom dia, Sra. DuBois, e enviarei a mensagem

assim que desligarmos. Estou realmente empolgado para ver o que você terá para mim.

— Qual é o seu gênero favorito, Sr. Firth? — ela perguntou.

— Eu oscilo entre ação e aventura e paranormal. — Ele riu. — Depende do dia.

Fiona sorriu. — Vou ver o que consigo inventar.

— Me dê histórias com personagens fortes e críveis, cenários realistas e vibrantes e bons enredos.

— Eu farei o meu melhor — Fiona prometeu e deligou.

Ela esvaziou a xícara e foi ao banheiro tomar banho. Fiona franziu a testa quando viu a toalha molhada de Charlie jogada na beira da banheira.

— Você é tão ruim quanto uma adolescente, Charlie — Fiona murmurou enquanto pegava a toalha para colocar no toalheiro vazio para secar.

Fiona colocou um vestido frio de verão, empilhou uma variedade de doces em uma caixa e dirigiu até sua tia Ruby para o café da manhã do primeiro domingo do mês no pátio com sua família. Ela estava ansiosa para contar a todos as notícias sobre a ligação do editor da Hardscape.

— Uau, tia Fiona — disse Benny enquanto empilhava doces de framboesa no prato. — Você vai ser uma autora mundialmente famoso como aquele cara vampiro.

Fiona sorriu. — Disso eu não sei, Benny, mas eles vão colocar meu nome na capa do livro de Lourdes e me dar uma parte dos royalties.

Ruby levantou a sobrancelha. — Quanto?

Fiona deu de ombros. — Não sei — ela disse —, mas escrevi oito por cento do livro.

— Oito por cento de um milhão é oitenta mil — comentou Julia com uma sobrancelha arqueada. — Os livros de Lourdes geralmente não vendem na casa dos milhões?

— E não se esqueça dos direitos do filme — acrescentou Dalton. — Você também teria direito a oito por cento deles. Eles não estão fazendo filmes daqueles dois livros publicados independentemente que ele escreveu?

— Ouvi dizer que eles escalaram Chris Pratt para interpretar Pierre em "Tons da Noite" —disse Melanie. — Felizmente, ele se parece mais com o Pierre do livro do que com o da vida real.

Todos os que haviam visto Bascombe riram. — Acho que aquele garoto Pratt fará um Pierre maravilhoso — concordou Ruby.

Fiona tomou um gole de café. — Agora só tenho que descobrir o que escrever. — Ela espantou um mosquito com o guardanapo. — Ele quer três ou quatro histórias curtas de cinco a dez mil palavras em qualquer gênero que eu escolher.

— São muitos gêneros — suspirou Kelly, enquanto ninava seu filho recém-nascido, Christopher Kyle DuBois —, mas acho que a Hardscape publica principalmente coisas de ação, suspense e coisas sobrenaturais do gênero terror, como as de Lourdes.

— Eles também têm selos de romance, ficção feminina e ficção científica — disse Ruby.

— Bem, a ficção científica está fora para mim — disse Fiona. — Eu não tenho cabeça para essas coisas tecnológicas, como naves espaciais e robôs.

— Eles agora são chamados de IA, tia Fiona — corrigiu Benny. — Tipo inteligência artificial.

— Viu — Fiona riu —, o menino de doze anos sabe mais sobre isso do que eu.

— Você poderia escrever um romance bem quente sobre você e Charlie — disse Melanie com um sorriso.

— Você teria que revisá-lo para garantir que eu acertei todas as cenas de beijos.

— Não, nojento demais — disse a adolescente com o nariz franzido de nojo.

As mulheres mais velhas e Dalton riram enquanto Benny ficava com um olhar vazio no rosto sardento.

— Vamos para dentro onde está mais fresco — Ruby finalmente disse.

— Eu voto em cairmos na piscina — disse Dalton. — Que tal se juntar a mim, Benny?

— Parece bom para mim. — O garoto tirou a camiseta e foi para a piscina.

— Como estão as coisas com aquela maldita agência de cobrança, Fiona? — Ruby perguntou enquanto atravessavam o pátio.

Fiona sorriu. — Eles desistiram daquele contrato falso e me escreveram um cheque bem gordo depois que eu ameacei processá-los pelos danos físicos e emocionais que Hector e seus homens causaram em minha loja. Coloquei parte do dinheiro em uma poupança para a faculdade de Melanie.

Ela abriu a porta para Ruby e se deleitou com o ar fresco que saía da casa com ar-condicionado. — Provavelmente ajudou que eu apareci lá com Charlie e Rex de uniforme, com pastas de arquivos cheias de fotos oito por dez coloridas dos danos, e Rex ter mencionado as bruxas de Black Bayou que são minha família em ambos os lados.

Ruby riu. — Você levou Annabella junto com você?

— Eu acho que ela ficou com o braço em volta de Rex o tempo todo — Fiona disse com um sorriso travesso —, e se materializou toda vez que ele mencionou as bruxas. Eu duvido seriamente que a Recuperação de Portfólio Nativo vá se aventurar pelas áreas de St. Elizabeth ou St. Martinsville em um futuro próximo. — Ela entrou na cozinha espaçosa e sorriu. — Eles agora têm três acréscimos permanentes à equipe do escritório. Annabella arrastou Hector e seus dois capangas com ela e os prendeu aos escritórios da Recuperação de Portfólio Nativo.

— Minha nossa. — Ruby riu.

Elas pararam na cozinha para pegar copos de água gelada antes de se sentarem na espaçosa sala de estar da casa. — Vejo que Benny e Annabella também andaram ocupados por aqui — disse Fiona quando viu seu tio Ben se sentar ao lado de sua esposa, junto com o falecido Ben Jr. e a bonita mãe de Melanie, Terry.

— É bom ter toda a família reunida novamente — Ruby disse com um suspiro. — Estou feliz que a garota Rubidoux tenha dito a Benny o que fazer para que isso acontecesse.

— Você vai dizer ao seu pai o que fazer? — Ruby perguntou a Fiona.

Arthur Carlisle havia morrido durante o sono uma semana após o memorial de Marcus Lourdes. Fiona havia cremado o homem e não se incomodara em se juntar às poucas pessoas que haviam comparecido ao velório que o padre Jim havia realizado para ele em St. Agnes.

— Aquele velho desgraçado e odioso pode andar pelos corredores do Shady Rest por toda a eternidade, pelo que me importa — disse ela. — Tenho certeza de que ele vai gostar de assombrar as pobres ajudantes lá.

— Falando em desgraçados odiosos — disse Kelly com um sorriso —, vi Elliot andando ao longo da beira do lago onde a polícia diz que sua esposa jogou seu corpo.

Lindsey Clegg havia sido presa pelo assassinato de seu marido Elliot depois que ele ganhara uma grana enorme no pôquer no Belle Isle Casino. Charlie havia dito a Fiona que a mulher admitira ter envenenado o champanhe de Elliot com uma grande dose de veneno de rato enquanto eles celebravam sua grande vitória e depois jogado seu corpo no lago a partir do iate de luxo em que viviam juntos. Ela alegou abuso conjugal e infidelidade como sua razão.

O corpo de Elliot nunca foi recuperado, e a polícia decidiu, como fizeram com Lourdes, que seu corpo havia sido levado ao fundo por um jacaré para se decompor e ser consumido mais tarde.

— Isso é bem feito pra ele — zombou Fiona —, e ele pode passar a eternidade pisando na lama ao longo do maldito Bayou pelo que me importa.

— Você se tornou uma mulher severa, Fiona — sussurrou o espírito de sua mãe, Annette DuBois Carlisle, por cima do ombro de Fiona.

— Estou melhorando, mamãe — disse ela —, mas você pode me culpar depois de todos aqueles anos com papai e depois com Elliot?

— Você deveria ter adivinhado com o Elliot — disse a mãe. — Eu avisei sobre o tipo de homem que ele era, mas estou feliz que você finalmente tenha um bom homem em sua vida.

— Eu sei, mamãe — disse Fiona e deu um tapinha na bochecha macia de sua mãe. Fiona ainda achava difícil chamar essa mulher, que parecia duas décadas mais nova que ela, de mamãe, mas ela chamava e adorava ter a mulher de volta em sua vida. Annette ia a quase todos os lugares com Fiona e amava Charlie e a Pão da Vida.

— Vamos falar sobre o que você vai escrever — Ruby disse enquanto puxava diários de couro antigos das estantes de livros junto à lareira. — Eu sei que há muitas histórias nesses aqui apenas esperando para serem escritas.

EPÍLOGO

As caixas de livros com seu nome nas capas chegaram duas semanas antes do Natal.

Melanie ajudara a tia a decorar a loja com uma enorme árvore de abeto e guirlandas para o Natal. Fiona podia ser uma bruxa DuBois que não acreditava em Deus, mas também era uma proprietária prática de negócios e sabia que a época do Natal era quando os livros eram mais vendidos. Fiona havia planejado outro pequeno evento de autógrafos para o lançamento de "Ilha das Bruxas", mas desta vez seria ela quem daria os autógrafos.

Dessa vez, elas se vestiram com roupas vermelhas e verdes de veludo vitoriano, e ela contratou aquela mesma banda para tocar canções de Natal com um toque de Dixieland. O food truck vendia castanhas assadas e pernas de peru. Seu balcão dentro da Pão da Vida oferecia gemada sem álcool e bolinhos de pudim da Senhorita Penny.

Bascombe, depois de alguma insistência de Lourdes, ajudara Fiona com a publicidade do evento. Ainda era o livro de Lourdes, no fim das contas, e sua parte dos royalties seria depositada nas contas de propriedade dos Lourdes. Fiona tinha certeza de que, depois de três séculos, os homens sabiam administrar seus fundos ao mudarem de identidade e local.

— Nós dois estamos muito orgulhosos de suas realizações, madame DuBois — disse Bascombe durante uma de suas muitas discussões por telefone. — Parabéns pelos contratos com Hardscape e Aurora.

Depois de enviar ao Sr. Firth quatro contos de dez mil palavras - duas aventuras no pântano da Louisiana, um romance no Velho Oeste e uma história de fantasmas sobre um manicômio assombrado - a Hardscape oferecera a Fiona um contrato de publicação de um romance baseado na história de fantasmas, e seu selo de romances, Aurora Books, oferecera a ela um contrato para a história do Velho Oeste, com a opção de transformá-la em uma série.

— Obrigada, Sr. Bascombe.

— Por favor, me chame de Pierre, madame — ele insistiu. — Depois de tudo o que fiz, sinto que lhe devo pelo menos essa pequena cortesia.

— Obrigada, Pierre — disse ela, inquieta. — Matthias disse que vocês podem ir viajar logo após as férias? — Fiona havia decidido chamar Lourdes por seu nome de nascimento como Bascombe e Annabella, embora ela nunca tivesse mencionado Annabella para Bascombe.

— Ah, sim — disse ele em um tom alegre. — Estamos fechando o apartamento aqui em Nova York e nos mudando para o sul da França por um tempo.

Fiona se perguntou que nova identidade Lourdes pretendia assumir agora. Ele escreveria romances de novo? Roteiros, talvez?

— Isso parece adorável — disse Fiona. — Eu nunca estive na França.

Ela nunca estivera em lugar nenhum, exceto em algumas ilhas do Caribe e em uma viagem de barco que Elliot havia ganhado para o Havaí.

— Então você terá que vir quando estivermos acomodados na vila de Matthias — disse ele.

— Ele é dono de uma vila?

— Antigas propriedades da família de antes de viajarem para a América do Norte — disse Bascombe.

— Estou surpresa que qualquer coisa tão antiga ainda esteja de pé e seja habitável. Eu pensei que a Inquisição havia confiscado todas as propriedades das famílias mágicas quando elas fugiram da França e as dado ao Vaticano para serem divididas entre seus lacaios.

— Eles fizeram isso, mas depois que a Segunda Guerra Mundial terminou e os nazistas foram levados de volta à Alemanha, Matthias fez questão de recuperar as propriedades dos Lourdes na França. Levou anos — disse Bascombe —, e muitos subornos, mas ele conseguiu e se apossou dessa vila em particular na década de 1960, juntamente com outras que foram vendidas ou demolidas desde então.

Fiona se perguntou se era para onde Lourdes havia desaparecido depois de "Sombras Escuras". — Muitas vezes me perguntei o que aconteceu com essas propriedades que a Inquisição roubou.

— Imagino que Matthias possa ajudar na localização e recuperação das propriedades dos DuBois — Bascombe hesitou —, ou até mesmo das propriedades dos Rubidoux lá. Você poderia, sem dúvida, considerar-se uma herdeira legal deles, já que a maioria dos outros Rubidoux já se foram.

Fiona riu. — Estou muito feliz com o que tenho aqui em St. Elizabeth — disse Fiona —, e meu francês é terrível. Eu não seria capaz de fazer mais do que pedir café ou perguntar por um banheiro.

— Faça um curso on-line, madame DuBois. Francês é sua herança. Você deve adotá-lo como abraçou sua outra herança única aí na Louisiana.

— Eu vou pensar no caso — disse Fiona. — Preciso sobreviver à tarde de autógrafos deste livro e ao Natal primeiro.

— Tenho certeza de que você fará um trabalho maravilhoso, madame, se o seu último evento magnífico for qualquer indicação de suas habilidades.

Fiona sorriu. O memorial de Lourdes rendera à Pão da Vida uma bela quantia e elevara a posição de Fiona na comunidade empresarial de St. Elizabeth. Ela havia sido convidada a ingressar na Câmara de Comércio, embora a péssima posição de Elliot a tivesse mantido de fora antes.

O ensino médio e a faculdade comunitária local haviam pedido que ela viesse e desse palestras aos alunos sobre redação e administração de pequenas empresas.

No dia de seu evento, Fiona estava tão nervosa quanto uma colegial em seu primeiro encontro. Mas foi sem necessidade. O dia amanheceu quente e ensolarado em dezembro, a banda tocou no estacionamento do lado de fora e as pessoas vieram. A Pão da Vida ficou cheia durante a maior parte do dia. Ela, Ruby e alguns outros autores locais com mesas venderam seus livros. Raquel Clairvoux montou uma exibição impressionante de pinturas que ela havia feito da jovem bruxa Angelique Clairvoux, as mulheres fantasmas com Angelique do livro de Ruby e personagens dos livros de Lourdes. Fiona sorriu quando viu o quanto o retrato de Pierre de "Tons da Noite" se parecia com o ator Chris Pratt. Ela o comprou imediatamente para enviar para Matthias, em Nova York, juntamente com um retrato que a artista fizera do próprio Lourdes.

Quando Melanie contou o dinheiro naquela noite, a Pão da Vida havia conseguido apenas uma fração do que haviam ganhado no memorial de Lourdes, mas Fiona ficou emocionada e jurou fazer outro evento muito em breve.

Charlie abraçou Fiona depois que todos se foram. Ele beijou o topo da cabeça dela. — Você é um sucesso, amor — disse ele com um sorriso largo no rosto bonito. — Vamos subir e comemorar?

Ela lhe deu um sorriso travesso. — Eu não sei, Charlie. Talvez na próxima vez?

Seu sorriso desapareceu por um instante, mas voltou ainda mais amplo do que antes. — Para o inferno com a próxima vez, mulher — disse ele enquanto pegava Fiona nos braços. — Chega de próximas vezes para este velho rato do pântano.

Fiona gritou quando ele abriu a porta e a carregou pelas escadas. — Você vai quebrar as costas tentando me carregar por essas malditas escadas, Charlie — Fiona repreendeu o homem que a carregava. — Então o que eu vou fazer?

Ele abriu a porta do apartamento, levou Fiona até a cama desarrumada e a jogou no colchão. — Eu acho que você teria que ficar por cima enquanto eu me recuperasse, então.

Fiona sorriu para o homem sorridente. — Eu amo você, Charles DuBois.

Caro leitor,

Esperamos que você tenha gostado de ler *Lua De Mau Agouro*. Reserve um momento para deixar uma crítica, mesmo que curta. A sua opinião é importante para nós.

Atenciosamente,

Lori Beasley Bradley e Next Chapter Team

Lua De Mau Agouro
ISBN: 978-4-82411-875-2

Publicado por
Next Chapter
1-60-20 Minami-Otsuka
170-0005 Toshima-Ku, Tokyo
+818035793528

1 dezembro 2021

www.ingramcontent.com/pod-product-compliance
Lightning Source LLC
LaVergne TN
LVHW091424190726
843491LV00006B/1599